चिराग उम्मीदों के

सीमा बिजलवान

BlueRose ONE.com
Stories Matter
NewDelhi • London

BLUEROSE PUBLISHERS
India | U.K.

Copyright © Seema Bijalwan 2024

All rights reserved by author. No part of this publication may be reproduced, stored in a retrieval system or transmitted in any form or by any means, electronic, mechanical, photocopying, recording or otherwise, without the prior permission of the author. Although every precaution has been taken to verify the accuracy of the information contained herein, the publisher assumes no responsibility for any errors or omissions. No liability is assumed for damages that may result from the use of information contained within.

BlueRose Publishers takes no responsibility for any damages, losses, or liabilities that may arise from the use or misuse of the information, products, or services provided in this publication.

For permissions requests or inquiries regarding this publication, please contact:

BLUEROSE PUBLISHERS
www.BlueRoseONE.com
info@bluerosepublishers.com
+91 8882 898 898
+4407342408967

ISBN: 978-93-6261-553-4

Cover design: Shivam
Typesetting: Namrata Saini

First Edition: August 2024

अनुक्रमणिका

मिनी... 1
जीवन संध्या... 7
अपनों का साथ... 8
दामाद जी अंगना पधारो................................ 10
वीरू... 12
सरोज.. 15
जानकी अम्मा... 19
रामकली... 22
ललित किशोर... 26
सबक... 30
भुलक्कड़... 33
पर्वतीय.. 36
मां की गोद... 40
लल्लन भैया.. 45
अधूरे एहसास.. 48
बारिशों के मौसम... 50
एक पिंकी दूजा लल्लन................................. 53
चिराग उम्मीदों के.. 55
पत्रलेखा... 57
ये वादा रहा.. 59

क़िस्से जिंदगी के	62
अमलतास	65
सैलाब	69
शिवम	72
नदी किनारे एक प्रेम कथा	74
फोन कॉल	76
प्यार का इज़हार	78
एक चिट्ठी मां के नाम ।	80
मुस्कुराती जिंदगी दोस्तों के साथ	82
शिव ।	85
छतरी ।	87
गोदावरी मौसी ।	90
चारपाई।	93
सास और दामाद ।	95
म्वारी (मधुमक्खी)	97
पिंकी ।	100
दोस्ती ।	102
छोटू ।	104
बिट्टू ।	108
नसीब अपने अपने ।	113
उत्तर का ध्रुव ।	117
राजू रंगीला ।	120
तुम्हारा साथ।	124
कामवाली बाई ।	126

पप्पू जी की ससुराल ।	128
रेशमा ।	131
पराया धन।	134
सुहाग ।	136
पति पत्नी ।	137
सरला जी ।	139
राजीव ।	142
राजीव ।	145
मुक्ति ।	148
समय ।	150
शराबी ।	152
बड़ी बी ।	154
परछाई ।	156
गुब्बारे वाला लड़का ।	158
अंजू ।	161
कुसुम ।	163
ओला ।	166
चंद्रा ।	168
सास बहू के संग जिंदगी के रंग ।	170
वजूद तलाशती औरत ।	173
धुंध वाली रात ।	175
खट्टे मीठे पल ।	177
रश्मि कहां हो तुम ।	180
जिम्मेदारियां ।	182

इंतजार।	184
उम्मीद।	187
माया जाल।	189
जिंदगी से मुलाकात।	192

मिनी

दीदी दीदी ।

बाहर से आवाज आ रही थी।

आशा जी बाहर गई, तो सामने आशा जी की कामवाली बाई, लता खड़ी थी।

"आशा जी बोली। आज पूरे एक हफ्ते बाद नजर आ रही हो ? तुम लता । बिन कहे कहां चली गई थी । सारा घर अस्त व्यस्त हो गया है "।

वो तो । सरिता भाभी जी ने अपनी कामवाली बाई भेज दी नहीं तो?

माफ कर देना दीदी जी । बीमार हो गई थी । इसी वजह से नहीं आ पाई ।

दीदी आपसे एक काम है ।

कहे भी दो लता ।आशा जी बोली।

वो दीदी मैं एक हफ्ते के लिए नेपाल जा रही हूं।अपने गांव ।

पूजा करवानी है।

हफ्ते भर में लौट आऊंगी।

आशा जी बोली । पहले बताना था ना लता । अब मैं दूसरी कामवाली बाई का इंतजाम कहां से करूं ।

वही तो दीदी !

एक हफ्ते तक मेरी मिनी काम करेगी आपके घर ।

12वीं के इम्तहान दिए हैं मिनी ने।

उसे आपके पास छोड़कर जा रही हूं। "लड़की जात है ना दीदी। हर किसी पर, भरोसा भी तो नहीं कर सकती दीदी।

आप पर पूरा विश्वास है दीदी। और आपका बड़ा घर भी है, दीदी।

एक कोना मेरी मिनी को भी दे देना। हफ्ते भर के लिए।

ये क्या कह रही है लता ? आशा जी बोली।

जवान लड़की की जिम्मेदारी मैं क्यों लूं ?

और अपने साहब को भी जानती हो तुम लता।नाराज हो जाएंगे।

बस दीदी हफ्ते भर की बात है। पाठ पूजा कर कर।जल्दी आ जाऊंगी। अपनी मिनी के पास।

कह कर। मिनी को छोड़

चली गई लता।

मिनी चुपचाप सब सुन रही थी।

गोरी सुंदर लंबे लंबे बाल।

मासूम डरा हुआ चेहरा।

आशा जी ने प्यार से मिनी का हाथ पकड़ा।और घर के अंदर ले आई।

मिनी आज से एक हफ्ते तुम मेरे साथ रहोगी। किसी भी चीज की जरूरत हो तो संकोच नही करना।

ऑफिस से शर्मा जी घर आए। आशा जी ने सभी बातें शर्मा जी को बता दी।

शर्मा जी बोले । आशा जी बहुत भोली हो आप ।सब पर विश्वास करती हो ।आज का जमाना जानती हो ना?

"कल के दिन कुछ बात हो गई । तो कौन जवाब देगा ।शर्मा जी बोले " ।

हफ्ते भर की बात है जी ।

लता आ जाएगी मिनी को लेने ।

आशा जी बोली ।

ठीक है । एक कप चाय पिला दो शर्मा जी बोले ।

मिनी दो कप चाय ले आई ।

और आशा जी के साथ बैठ गई । मिनी आशा जी के लिए सभी काम करती ।

बदले में खूब प्यार स्नेह पाती ।

आशा जी ने देखा । मिनी उदास और चुप चुप रहती है ।

बहुत पूछने पर ,

मिनी रोने लगी । बोली लता मेरी मां नहीं है ।उसका बेटा मुझे भगा कर लाया था ।गांव से ।

मुझे छोड़कर पूरा परिवार नेपाल चला गया ।

और आपको कुछ भी बताने से मना किया था ।

आशा जी बोली । तभी मैं सोचूं ।आज पन्द्रह दिन हो गए हैं ।

लता का ना कोई फोन आया । ना कोई पता है ।

शर्मा जी सब बातें सुन रहे थे ।

मिनी से बोले । बेटा आपको अपने घर का पता मालूम है ?

हां मैं सर हिला दिया मिनी ने । दूसरे दिन । आशा जी और शर्मा जी मिनी को लेकर मिनी के गांव चले गए ।

मिनी के मां-बाप ।

आशा जी और शर्मा जी को

धन्यवाद कहते हुए रोने लगे ।

"आपने हमारी मिनी की जिंदगी बचा ली " ।

हम आपका एहसान कभी नहीं भूलेंगे ।

हम गरीब लोग । आपको क्या दे सकते हैं । दुआओं के सिवा ।

कहते हुए । हाथ जोड़ने लगे मिनी के मां-बाप ।

आशा जी । कुछ रुपए ,

मिनी को देती हुई बोली ।

" कभी भी कोई जरूरत हो ।

तो ,अपनी मां को याद करना "आशा जी बोली ।

मिनी रोने लगी आशा जी के गले लग कर ।

आशा जी और शर्मा जी चले गए ।मिनी को, मिनी के मां-बाप को सौंप कर ।

जाते हुए मिनी ने । एक चिट्ठी, आशा जी के हाथ में, थमा दी ।

रास्ते में चाय पीने रुक गए । आशा जी और शर्मा जी ।

आशा जी ने मिनी की दी हुई चिट्ठी पड़ी ।

प्रिय माँ पापा जी ।

आप लोगों ने मुझे ।नई जिंदगी दी है ।मैं हमेशा । आप लोगों की शुक्रगुजार रहूंगी ।

"कभी रहा भटके कोई मिनी मिल जाए । तो उसे भी उस के मां-बाप को सौंप देना मां " ।

सदैव आपकी आभारी आपकी मिनी ।

आशा जी की आंखें भीग गई । चार साल बाद । फिर आशा जी को एक चिट्ठी मिली।

प्रिय माँ पापा जी ।

आज मेरी शादी को दो साल हो गए हैं ।

और मेरी बिटिया भी ।

एक साल की हो गई है ।आप लोगों के आशीर्वाद से ।

मैं एक सुखी संसार जी रही हूं माँ । और अपनी बिटिया को आशा नाम दिया है।

इस पर भी आपके सभी गुण आयें मां । ईश्वर से यही प्रार्थना है ।

आपकी और पापा की

बहुत याद आती है माँ ।

समय लगे तो ,अपनी मिनी को मिलने जरूर आना।

सदैव आपकी आभारी ।

मिनी ।

आशा जी के चेहरे पर मुस्कान आ गई ।

आशा जी की यात्रा सफल हुई।
मिनी को उसके घर पहुंचा कर।

"अजनबी राहों पर
बन जाते हैं रिश्ते
मुस्कुराते खुशबू बिखेरते
राह दिखाते
अपनेपन का एहसास लिए।"

जीवन संध्या

अजी सुनती हो पुष्पा जी।

हां हां बोलो, शर्मा जी । क्या तुम रुकने वाले हो ? "सुन आए होंगे । गली के निठेल्लों से गप्पे अब मेरा ही दिमाग बचा है चाटने को " । कहो भी शर्मा जी 'अब क्यों बुरा मान गए । सारा दिन बस गप्पे ही तो सुनाते हो तुम, जब से रिटायर हुए हो । ना जाने ऑफिस वालों का क्या हाल करते होंगे तुम शर्मा जी।

कहो कहो । ईश्वर ने मौका दिया है तुम्हें बोलने का पुष्पा जी । बगल वाली भाभी जी कितनी इज्जत करती है, भाई साहब की । कभी देखा है उनको ।

तुमने भी, वर्मा जी को कहीं बत्तीसी फाड़ते हुए देखा है ।शर्मा जी । "रेडियो की तरह कहीं भी शुरू हो जाते हो तुम " ।सुन लो तुम से गप्पे दुनिया जहान की शर्मा जी।

क्या करूं ! इतने बड़े घर में हम और तुम ही तो हैं । पुष्पा जी । बच्चे तो उड़ गए विदेशों में । एक जमाना था, जब ऑफिस में हमारे नाम से महफिले जमा करती थी । पुष्पा जी । खूब हंसी ठिठोली होती, सपनों से उड़ गए सारे दिन बस।

बस क्या ? अब तो मेरी जान के दुश्मन बन गए हो तुम शर्मा जी। भला हो उन लोगों का जो ऑफिसों में काम करते हैं । नहीं तो चल गया था ।देश तुम्हारी बातों से ।

" हंसते-हंसते रोने लगे शर्मा जी । इस जीवन यात्रा में कहां से कहां आ जाते हैं हम ।जिंदगी के काफिले में पानी की तरह बह जाते हैं हम " ।

यह मेरे बचपन की यादों के कुछ किस्से बगल के घर की सरगोशियां हैं ।

अपनों का साथ

सुबह-सुबह शौचालय में चीख निकल जाती है अम्मा।

तुम्हारे मिर्ची के अचार से।

किसने कहा कृष्णा तुम्हें अचार खाने को।

तुम भी ना, अम्मा ?

तुम ही तो कहती हो, कृष्णा

जरा अचार चख के तो बता

कैसा बना है।

नही तो सासू मां कहेंगी।

"विमला तुम्हारी अम्मा ने तुम्हें

कुछ तो सहोर सिखाया होता "। छोड़ो अम्मा इधर-उधर की।

कल से ,बाबूजी चखेंगे। तुम्हारे हाथों का नींबू मिर्ची का अचार।

हर बार मैं ही क्यों चखु अम्मा तुम्हारे अचार को ?

" तुम ठहरे ! एक नंबर के निकम्मे", कृष्णा। कुछ काम तो है नहीं तुम्हारे पास।

"तुम्हारे बाबू जी दिन भर दुकान में अकेले ही सारा काम संभालते हैं "।

"अच्छा तो अम्मा ! सारा प्रयोग हम पर ही करोगी?"।

तो उसमें क्या है कृष्णा ?

अच्छा अम्मा एक बात तो बताओ ।

पूछो क्या पूछ रहे हो ?

मामा जी कब से हमारे घर नहीं आए अम्मा । उनकी बहुत याद आ रही है ।
"तुम्हारी तरह निठल्ले नहीं है हमारे भैया "कृष्णा । बड़े बाबू साहब बनने की परीक्षा की तैयारी कर रहे हैं हमारे भैया ।

हमें भी पढ़ा लेंगे मामा जी आकर ।और तुम्हारे हाथ का अचार भी चख लेंगे, नींबू मिर्ची का अम्मा ।

अपने मामा जी के बारे में

ये सब सोच है तुम्हारी कृष्णा ।

"जरूर तुम्हारे बाबूजी सिखाए होंगे तुम्हें " ।

सही कह रही हो अम्मा ।

बाबूजी ही कहे थे हमसे ।

" कृष्णा कुछ दिन, साले साहब के साथ, मजाक किया जाए।

विमला के हाथों का अचार चखा कर " ।

अचार तो अब तुम्हारे बाबूजी चखेंगे । वो भी नींबू मिर्ची का, अकेले में ।और शौचालय में चीख भी निकलेगी तुम्हारे बाबूजी की कृष्णा ।

तुम तो अपने मामा जी के साथ लड्डू खाना कृष्णा ।

"मौसम बदल रहे हैं

रिश्तो के साथ में

हर लम्हें मुस्कुरा रहे हैं

अपनों के साथ में "।

दामाद जी अंगना पधारो

सुनो जी ! दामाद जी को आए पूरा महीना होने को है।

तो तुम ही कहो पुष्पा जी। कैसे कहें, दामाद जी को कहीं बुरा मान बैठे तो?

तो क्या शर्मा जी ? मोहल्ले वाले क्या-क्या बातें कर रहे हैं दामाद जी के बारे में।

बगल वाली भाभी जी कह रही थी। "फुरसतिया हैं पुष्पा तुम्हारे दामाद जी "।

दामाद जी ने पुष्पा जी और शर्मा जी की बातें सुन ली।

क्या सासू मां और ससुर जी। कभी हमारे घर वाले, या हमारे आस पड़ोस वालों ने कहा कि। तुम्हारी बेटी हमारे घर छ महीने से पधारी हुई है।

तो क्या, सासू मां हम दो एक महीने नहीं रह सकते यहां?

पुष्पा जी बोली। दामाद जी बुरा क्यों मान गए। लड़कियों को तो रहना ही पड़ता है, ससुराल यह तो नियम है।

दामाद जी बोले। "हम नहीं मानते इस नियम को, आज के जमाने में लड़का लड़की एक समान है "। आप भी पुरानी बातें ले बैठी सासू मां।

दामाद जी बोले। हम दो महीने की छुट्टी लेकर आए हैं। और आप लोगों के साथ ही रहेंगे। और बुरा भी नहीं मानेंगे सासू मां।

"हे राम जी यह कैसा दामाद दे दिए हमारी किस्मत में ", पुष्पा जी बोली।

दामाद जी बोले। जो आपकी बिटिया हमारे घर रहती है। तो हमारी अम्मा कुछ नहीं कहती, आपकी बिटिया को।

अरे ! दामाद जी वह तो ब्याही गई है तुम्हारे अंगना।

हम भी तो ब्याहे गए हैं तुम्हारे अंगना सासू मां।

शुरू शुरू में तो

तुम गीत गाती थी सासू मां। "दामाद जी अंगना पधारो "।

अब तो हम कहेंगे ,दामाद जी अंगना बिराजे

पुष्पा जी बोली।

शर्मा जी बोले।पुष्पा यह तुम्हारी बिटिया का किया धरा है।

वही सिखाई है तुम्हारे दामाद जी को ये सब।

और सासू मां हमें कोस रही है ससुर जी। हम तो आपकी बिटिया के आज्ञाकारी पति हैं।

अब जब आपकी बिटिया कहेगी तभी

जाएंगे अम्मा के घर सासू मां।

तब तक आप गाओ

दामाद जी अंगना बिराजे।

" जिंदगी के फलसफे सुनाते

सासू मां दामाद जी के किस्से

हंसते मुस्कुराते

फूलों से महक जाते "।

वीरू

वीरू हमारी बिल्डिंग में सफाई कर्मचारी था।

हंसमुख स्वभाव। सत्रह, अट्ठारह साल का लड़का था, तर्क वितर्क से भरा।

"वीरू आज सवारी कहां चल दी सुषमा जी पूछ बैठी।"

वीरू अपनी स्कूटी से घर जा रहा था।

मजाक के मूड में आ गया। सुषमा जी के साथ।

आंटी जी, जा तो घर रहा था। पर क्या है ना, दोस्तों का फोन आ गया। "नेताजी आ रहे हैं मोहल्ले में रैली करवानें"।

" और मैं सभी लड़कों का नेता हूं। तो मुझसे पूछे बिना कोई भी लड़का हां ना करेगा। पहले मैं मिलूंगा नेताजी से। फिर रेट तय होंगे। तब जाकर बात आगे बढ़ेगी"।

वैसे सुषमा आंटी जी। ये अंदर की बात है। किसी से कहना नहीं। आप तो मम्मी जैसी हो। इसलिए आपसे कह दिया। वीरू बोला।

अपनी स्कूटी स्टार्ट की घर चला गया वीरू।

रेखा ने सुषमा जी से पूछा क्या कह रहा था वीरू।

वही टाइम पास, और गप्पे सुना रहा था।

रेखा बोली कुछ भी कहो । लड़का हंसमुख है ।हमारा भी टाइम पास कर देता है । सच कह रही हो ।सुषमा जी बोली ।

जागरण से लेकर व्रत सब कुछ करता है ।

कल कह रहा था । सुषमाआंटी जी । इस समय होली खूब खेलूंगा । पिछले साल खेलना सका

वीरू कह रहा था उसका ,

कुछ लड़कों से होली दहन पर पंगा हो गया था ।

मैंने पूछा ऐसा क्या हो गया था जो पंगा ले बैठा ।

अरे सुषमा आंटी जी गीले रंग नहीं खेलता में ।

हमारे मोहल्ले के लड़के ने काला रंग डाल दिया मुझ पर ।

सभी मुझे भालू कहकर हंस रहे थे ।

फिर मैंने भी उस पर, रंग डाल दिया ।

आ गया, अपने दोस्तों की टोली लेकर मुझे मारने ।

कह रहा था । "छोड़ेंगे नहीं इस बार तुझे बेटा " ।

इस बार नानी के घर सहारनपुर जा रहा हूं ।

मामा लोगों के साथ होली खेलने ।

आज पूरे पाँच वर्ष बीत गए । वीरू को गए ।

पता ठिकाना भी नहीं ।

कहां पर होगा वीरू ।

जब भी होली पास आती है वीरू का मुस्कुराता शरारती गप्पे सुनाता चेहरा ,आंखों के सामने आ जाता है।

उसकी भोली सूरत आंखें नम कर जाती हैं।

न जाने कब आकर कहे।मां के जैसी हो आप आंटी।

"रंगों की महक सा महक गया

खुशबू सा वो बिखर गया

हमारी यादों में आकर

रंगो सा वो निखर गया "।

सरोज

गगनचुंबी इमारतों के बीच। स्याह रातों के अंधेरों में पनपती झुकी बस्तीयों के पार।एक टूटे पुराने पुल के नीचे एक महिला अपना डेरा जमायें हुए थी। एक दशक से अकेली थी वो, महिला।

मानसिक स्थिति भी पूरी तरीके से ठीक नहीं थी महिला की।

इसलिए अक्सर लोग वहां जाने से कतराते थे।

किसी पर हमला भी कर बैठी थी। एक दो बार ऐसा आसपास के लोग कहते थे।

पर कुछ समाजसेवी संगठन के लोग, कभी कभार चले जाते थे। महिला के पास। राशन कपड़े देने। वह बिना कुछ कहे सब सामान ले लेती थी समाजसेवी संस्था के लोगों से।

एक बार। समाजसेवी संस्था के सदस्य रमेश जी, महिला के पास गए। और पूछ बैठे कौन हो आप ? और यहां अकेली क्यों रहती हो।

कुछ देर महिला। रमेश जी को गौर से देखती रही।

फिर धीरे से मुस्कुराई।

"देर कर दी तुमने ,आने में रमेश "

रमेश जी बोले कौन हो तुम ?

तुम भी ना पहचान सके मुझे रमेश।

एक दशक से तपस्या कर रही हूं। यहां अकेली तुम्हारे इंतजार में। तुम भी मुझे पागल समझ बैठे ना ?

रमेश जी आश्चर्यचकित रहे गए।

"सरोज तुम " कहते हुए।

रोने लगे। तुम्हें कहा नहीं ढूंढा मैंने। मैं तो तुम्हें लगभग खो ही चुका था। और उम्मीद भी तोड़ चुका था। तुम्हारे मिलने की सरोज।

मन के एक कोने में विश्वास था। शायद किसी रोज तुम मुझे कहीं ना कहीं जरूर मिलोगी।

पर ऐसे ? सोचा ना था सरोज। "तुम्हारे लिए मुझे क्या कुछ न सहना पड़ा रमेश "। तुमसे बिछड़ने के बाद सभी जगह तुम्हें ढूंढा।

"ना वो रेलवे हादसा हुआ होता। ना हम तुम बिछड़ते "।

और ना ही इन हालातो में मिलते रमेश।

कहते हुए सरोज भी रोने लगी। एक दशक से पहेली बनी हुई महिला को अब अपना नाम मिल गया था। और पहचान भी।

तुम्हें ढूंढने के लिए सरोज मैं समाज सेवी संस्थाओं से जुड़ा।

इस के जरिए मैं तुम तक पहुंच सका। "सरोज मुझे माफ कर देना आने में देरी हो गई"।

मैं भी उम्मीद खो चुकी थी रमेश। तुम ना आते तो शायद मानसिक संतुलन भी खो बैठती मैं। जिसका बहाना बनाकर मैं अपने आप को बचाती रही, इस झुकी झोपड़ी में।

यहां कैसे पहुंच गई तुम सरोज ?

जब आंखें खुली तो बहती हुई इसी पुल के नीचे बेहोश पड़ी थी।आसपास कुछ लोग इकट्ठे हो गए थे।

मुझे उठाकर अस्पताल ले गए।

वहां मेरा इलाज चला।

जब मैं कुछ ठीक हुई।

तो पता चला।अनजान शहर था।यहां मैं किसी को जानती भी नहीं थी।

किसी ने बताया था। कि बहती हुई पुल के नीचे बेहोश पड़ी थी।

उसी पुल के नीचे, अपना आशियाना बना लिया।

तुम्हारे मिलने की उम्मीद से।

पागलपन का नाटक करती रही।

तुम्हें ढूंढती हुई

अपने घर गई थी। अपने शहर।

पर तुम लोग वहां से जा चुके थे रमेश। और तुम लोगों के बारे में किसी को भी वहां कुछ पता ना था रमेश।

कहती हुई सरोज बेहोश हो गई रमेश जी के गोद में।

जब आंख खुली तो अपनों के बीच पाया सरोज ने खुद को।

अपने नाम और पहचान के साथ नई जिंदगी में।अपने पति रमेश के साथ। एक रेलवे हादसे में दोनों पति-पत्नी बिछड़ गए थे।

"सूरज की नई किरणों के साथ

सवेरा है आया

सरोज और रमेश की जिंदगी में

खुशियों का सवेरा है लाया " ।

जानकी अम्मा

जानकी अम्मा अपने बेटे पप्पू से, अपने पति सेवक राम के बारे में पूछताछ कर रही थी।

पर, लाख पूछने पर भी पप्पू कुछ ना बता रहा था।जानकी अम्मा को।

जानकी अम्मा के दबाव डालने पर ,पप्पू बोला बाबूजी आश्रम में हैं।

"जानकी अम्मा बोली। अब गंगा जी की कसम भी खा लेगा। तभी भी सच ना मानेंगे हम ,समझा पप्पू "।

क्या अम्मा ? हम क्यों झूठ कहने लगे। सच एकदम सच कह रहे हैं बाबूजी आश्रम में ही है।

और हमसे कह रहे थे। पप्पू बेटा तुम्हारी अम्मा के जुल्मों से तंग आ गये है हम।

कल रात उसने हमें बेलन से जो पिटाई की। उसका दर्द कम होने का नाम ना ले रहा पप्पू बेटा। पूरा बदन दर्द कर रहा है। आज पूरे बीस वर्ष हो गए। ब्याह किए तुम्हारी अम्मा से।

पर तुम्हारी अम्मा, पहले ही दिन से "चण्डी के अवतार " में है।अब आगे की जिंदगी साधु संतो की सेवा में रहूंगा।कह देना अपनी अम्मा से।

"और क्या कह रहे थे सेवक राम संदेश में पप्पू बेटा "।

बस अम्मा रोए जा रहे थे बाबूजी। पप्पू बेटा मिलने की इच्छा हो। तो आ जाना आश्रम।

"आश्रम तो अब हम जाएंगे पप्पू बेटा । ले चल हमें सेवक राम के पास । गृहस्ती सिखाएंगे उन्हें " ।

"पप्पू बोला । ना अम्मा ये ना होगा हमसे । बाबूजी ने पता बताने को मना किया है " ।

और गंगा जी की कसम भी दी है हमें । माफ करना अम्मा ।

" ठीक है ।पप्पू बेटा अब से सेवक राम के बदले की मार तुम खाओगे " । अब आदत हो गई है हमें मारपीट की । आदत से मजबूर है हम ।

पप्पू बोला । ये क्या कह गई अम्मा । हम तो तुम्हारे आज्ञाकारी बेटे हैं ।जो हुकुम दोगी वह पूरा करेंगे ।

" सुधर गया सेवक राम का बेटा पप्पू " अम्मा बोली ।

चलो टाइम खोटी ना करो पप्पू । जो आज्ञा अम्मा ।

पप्पू अम्मा को लेकर आश्रम गया । और दरवाजे के पीछे जा छुपा । एक तरफ अम्मा हाथ में डंडा लिए । दूसरी तरफ बाबूजी कांप रहे थे ।

"अम्मा बोली अब ना बचोगे सेवक राम " ।

" हे राम जी, रक्षा करो हमारे बाबूजी की अम्मा " से पप्पू बोला ।

एक तरफ अम्मा चण्डी के अवतार में । दूजी तरफ दोनों हाथ जोड़े बाबूजी क्षमा प्रार्थी के रूप में खड़े थे ।

हम पप्पू धन्य हुए ये दो अवतार देख पप्पू बोला ।

" बादलों की गर्जना से डरा सेवक राम

चण्डी के अवतार में देख जानकी माँ

गंगा की सौगंध लिए

शरणागत हुए सेवक राम " ।

रामकली

"राकेश बिट्टू को हम पसंद किए हैं तुम्हारे लिए " ,रामकली बोली, हमारी सहेली की बिटिया है।

" पैदा होते ही तुम दोनों का रिश्ता पक्का कर दिए थे हम, अब ना नुकुर ना सुनेंगे कह देते हैं राकेश "।

"होशियारी ना दिखाना हमें राकेश समझ गये "।

"क्या अम्मा कहां हम इंजीनियर "। "कहां बिट्टू दसवीं फेल " राकेश बोला।

रामकली बोली, हमारी बिट्टू जैसी लड़की, चिराग लेकर भी ढूंढोगे तो ना मिलेगी तुम्हें राकेश।

वो तो हम मना लिए अपनी बिट्टू रानी को। नहीं तो तुम कहां काबिल थे हमारी बिट्टू के।

राकेश बोला, नाकाबिल इंसान है हम अम्मा।कहां तुम्हारी बिट्टू कहां हम।

कल मिली थी हमें चौराहे में बिट्टू,।

हम अपने दोस्तों के साथ गप्पया

रहे थे।

बोली "क्यों राकेश बाबू, पिट आये रामकली अम्मा से "।

हमारी अम्मा को बता रही थी रामकली अम्मा।

सभी दोस्त हंसने लगे हम पर

अम्मा।

"पुराने जमाने की लगती है " दो चोटी कानों में बड़े-बड़े झुमके पहनती है ।ऊपर से मुंह फट भी है तुम्हारी बिट्टू अम्मा ।ये जुल्म ना करो हम पर अम्मा।

अरे ! भोली है मेरी बच्ची बिट्टू।

रामकली बोली हमारी तो चाहा बिटिया की थी, पर तुम पैदा हो गए राकेश।

किस्मत तो हमारी सहेली विमला की थी।

" जहां हमारी बिट्टू पैदा हुई "।

तुम्हें गोद में लेकर गई थी मैं, विमला के घर।

जब बिट्टू पैदा हुई थी।

तभी तुम दोनों का रिश्ता कर दिया था हमने। रामकली बोली।

हमारी लाज रख ली विमला ने। शादी के लिए हां कर दी।

तुम्हारे संग बिट्टू की।

"हम नहीं मानते इस शादी को, भाग जाएंगे हम घर से राकेश बोला "।

" खबरदार जो भागने की कोशिश भी की राकेश " रामकली बोली।

जब हमारी शादी तुम्हारे बाबूजी से हो रही थी। तो तुम्हारे बाबूजी भी भागे थे।

तुम्हारे नाना जी गए थे, लठैंतों को लेकर। तुम्हारे बाबूजी को पकड़ने ।फिर चार दिन तक खटिया से ना उठ सके थे तुम्हारे बाबू जी। पूछ लो खड़े हैं तुम्हारे सामने तुम्हारे बाबू जी राकेश।

बाबू जी इशारों में ही राकेश को कह गए। "जान है तो जहान है "। ' "चढ़ जाओ सूली में बरखुरदार "।

जी बाबू जी कह कर राकेश ने सर हिला दिया।

राकेश बोला आज शादी है बिट्टू संग हमारी ।ना जाने बिट्टू क्या हाल करेगी हमारा।

शादी के दिन रामकली खुशी से झूम उठी। राकेश रो रहा था अपने हालातों में। एक तरफ अम्मा दूसरी तरफ अम्मा की प्यारी बिट्टू। क्या होगा हमारा राकेश बोला।

राकेश और बिट्टू का धूमधाम से ब्याह कर, घर बारात लेकर आ गई रामकली अम्मा।

घर में आते ही बिट्टू बोल पड़ी।

"रामकली अम्मा हमारी अम्मा कह रही थी ।हमारे गले का फंदा रामकली के गले में पड़ गया"।

बिट्टू नाम का।

"होशियार बनती थी रामकली "। सब चीजों में आगे रहती थी हमसे। "अब पता चलेगा रामकली को"।

सभी बाराती हंसने लगे

बिट्टू की नादानी पर।

रामकली ने बिट्टू को गले से लगा लिया।

"कहने लगी विमला को क्या पता ।हम तो हीरा ले आए उसके घर से"।

विमला क्या जाने मेरी बिट्टू की कद्र।

आए दिन बिट्टू कुछ ना कुछ नादानियां करती रहती थी।

रामकली बिट्टू को प्यार से गले लगा लेती।

बिट्टू भी पूरे घर में रामकली के पीछे घूमती रहती। अम्मा अम्मा कहती हुई।

रामकली और बिट्टू का प्यार सबके लिए आदर्श बन गया था।

राकेश ने भी बिट्टू को अपना लिया था।

बिट्टू ने दो जुड़वा बच्चों को जन्म दिया।

बेटे का नाम राम और बेटी का कली रखा।

आज अम्मा जी की फोटो पर हार चढ़ाते हुए रो पड़ी बिट्टू।

" रामकली अम्मा खुद तो भगवान जी के घर मजे कर रही हो "।तुम्हारे राम और कली हमें बहुत सताते हैं।

क्यों छोड़ गई हमें।

राकेश और बाबूजी भी आ गए बिट्टू के पास।

राकेश बोला अम्मा कहीं गई थोड़ी है। यही है कली के रूप में तुम्हारे पास बिट्टू।

" एक दूजे का साथ था

हर दिन मौसम खुशगवार था

पतझड़ क्यों आ गया खुशियों में

बहारों का इंतजार था"।

ललित किशोर

क्या ! भैया यह कैसा नाम है ललित भी और किशोर भी

अरे! बबलू ललित हम और किशोर हमारे दादाजी ।

वैसे ललित भैया, लोग तो बाप का नाम साथ में लगाते हैं । पर आप तो? . . . .

बबलू बात यूं है, कि हम अपने दादाजी के इकलौते पोते हैं, और उनके लाडले भी।

तो, दादाजी को ऐसे ही ठीक लगा, तो रख दिए नाम ललित किशोर ।

वैसे पहले हम, अपने नाम के साथ, बाबूजी का ही नाम लगाते थे ।

खैर ! छोड़ो भी बबलू ।

वैसे आज, इधर कैसे पधारे ।

अरे ! ललित भैया हम तो बताना ही भूल गए।अम्मा बोली थी चाची को साथ लेते आना ।

कहां है चाची जी भैया ।

"हमें क्या पता अम्मा कहां है ?

आस - पड़ोस में गप्पे लगा रही होगी । "

" भूख से बुरा हाल है सुबह से हमारा बबलू "।

"ललित भैया ये भी ठीक है । रखते हैं कुछ लोग भूख में व्रत भी " ।

क्यों बबलू ? सुबह से मिला नहीं कोई । वैसे भी, भूख से जान निकली जा रही है, ऊपर से तुम पधारे हो सुबह-सुबह ।

"हमसे क्यों गुस्सा हो रहे हो ? भैया, अच्छा चलते हैं । चाची से कहे देना ,बबलू आया था ।

कहे देंगे बबलू ।

ललित किशोर भी चल दिए अपनी दीदी के घर । खाना खाने । वहां ललित के जीजा जी भी भूख से बिलबिला रहे थे । ऊपर से ललित भी पहुंच गए । भूखे प्यासे कैसे हो जीजा जी ?

" कैसे होंगे, साले साहब । तुम्हारी जीजी के राज में " ।

क्यों ऐसा क्या हो गया ? जीजा जी ललित बोला ।

सुबह से भूखे प्यासे बैठे हैं । तुम्हारी दीदी आस- पड़ोस में व्यस्त हैं गप्पे लगाने में ।

जीजा जी हम तो आपके घर खाना खाने आए थे । और आपसे और जीजी से मुलाकात भी हो जाए ।

हमें तो खाना बनाना आता नहीं साले साहब मोहन जी बोले ।

कोई नहीं जीजा जी ।हम ललित किशोर कब काम आएंगे ।

चलो हम आपको खाना बना कर खिलाते हैं ।

आप हमें प्याज टमाटर काट कर दो, साथ में दाल भी धुलवा देना, और हां साथ में चावल भी चढ़ा दो ।

बाकी हम संभाल लेंगे ।

"आप भी क्या याद करोगे जीजा जी ।

साला हो तो ललित किशोर जैसा "।

"सही कहे हो साले साहब मोहन जी बोले।

एकदम फोटोकॉपी हो अपनी दीदी के "।

"हम तो धन्य हो गए तुम्हें पाकर साले साहब "।

तभी तो नाम रखे हैं दादा जी हमारा ललित किशोर।

"संस्कारों का खजाना है हमारे अंदर "।

चलो अब हमारी मदद करवाओ जीजा जी।

अब और क्या रह गए साले साहब ,खाना हम बना चुके हैं।

मेहरबानी करके खाना खा लीजिए। नहीं तो तुम्हारी दीदी नाराज हो जाएगी।

हमारे भैया को भूखा ही भेज दिए।

" जीजा जी आप दीदी को मत बताइएगा कि हमने आपकी मदद की है।

नहीं तो खामोखा नाराज हो जाएगी "।

कौन सी मदद ? साले साहब।

" वो जो हम आपको खाना बनाना सिखाएं हैं " ।

"बड़ी मेहरबानी आपकी साले साहब "।

" मेहरबानी काहे की जीजा जी।

ऐसे ही थोड़ी हम ललित किशोर हैं "।

बड़ों का सम्मान और अपनों का मान सब जानते हैं।

" समझ गए साले साहब

अब भोजन ग्रहण करिए "।

उसके बाद हम भी अपनी भुख मिटाएंगे।

जी जरूर जीजा जी।

मुस्कुरा दिए जीजा साला

खाना खाकर।

"मुस्कुराती है जिंदगी अपनों के साथ

कभी मजाक कभी रिश्तो के

बंधनों के साथ "।

सबक

सुनिए बबलू जी।

कहो सुनीता जी।

चलो कहीं बाहर घूम आते हैं, ।

नहीं अभी नहीं शाम को चलेंगे सुनीता, बबलू जी बोले।

अरे बुद्धू ! मैं तो शहर से बाहर घूमने की कह रही हूं।

क्या सुनीता जी ! तुम्हें तो पता है, समय नहीं है मेरे पास। पचास काम है मुझे, समझा करो।

"अच्छा जी, बबलू जी, वैसे तो रात दिन अखबार पलटते रहते हो। और मेरे लिए समय नहीं आपके पास " सुनीता नाराज हो गई।

क्यों नाराज हो गई सुनीता?

पप्पू को लेकर चली जाओ घूम फिर आना बबलू जी बोले।

ठीक है बबलू जी, तो मेरे खाते में दो लाख रुपये जमा करवा दो। मैं चली जाऊंगी अपने बेटे पप्पू के साथ।

"दो लाख कुछ ज्यादा नहीं कह गई तुम सुनीता " ?

" तो ठीक है बबलू जी। नहीं जाते मैं और पप्पू ,हर साल की तरह इस साल भी मन मार लेंगे अपना ", क्यों पप्पू बेटा

सुनीता बोली।

बबलू सोचने लगा। शादी के दस सालों में पहली बार आजादी मनानें को मिल रही है। सौदा बुरा नहीं। दाव खेल लेता हूं, दो लाख क्या ढाई लाख दे देता हूं।

बबलू बोला, महीने भर घूमी आना। भारत दर्शन भी हो जाएंगे तुम्हारे। मुझे वीडियो कॉल कर दिखा देना सुनीता रानी। तो ठीक है बबलू जी ।

सुनीता सोचने लगी। जो आदमी दस रुपया नहीं देता। वो ढाई लाख देने को तैयार है। कुछ तो गड़बड़ है ?

ठीक है बबलू जी। जैसे ही रुपया मेरे खाते में आते है। मैं चली जाऊंगी, पप्पू के साथ ।

बबलू ने अपने दोस्त बिट्टू को फोन पर सब कह दिया। बिट्टू बोला, मैं भी अपनी पत्नी रेखा को भेज देता हूं भाभी जी के साथ ।

बबलू बोला। यार बिट्टू नेकी और पूछ पूछ रेखा भाभी को भी भेज दे, सुनीता के साथ भारत दर्शन के लिए।

बिट्टू ने खुशी-खुशी रेखा से सब कह दिया।रेखा भी तैयार हो गई सुनीता के साथ जाने के लिए।

रेखा और सुनीता दोनों पार्क में मिली।और आपस में तय किया।

"जो कंजूस कभी एक रुपया भी नहीं देते, आज हमें ढाई ढाई लाख रुपए देने को तैयार हैं। कुछ तो गड़बड़ है रेखा " ?

हां सुनीता सच कहती हो।

हम भी इन दोनों को सबक सिखाएंगे ,सुनीता बोली

हम चुपके से पप्पू और चिंटू तुम्हारे बेटे और मेरे बेटे को अपने पतियों के पास छोड़कर चली जाएंगी।

" तब पता चलेगा इन दोनों को " ।

अपनी पत्नियों को अकेले कैसे घूमने भेजते हैं। और हमें भी समय मिलेगा, घर गृहस्ती से क्या कहती हो रेखा ?।

मैं तुम्हारे साथ हूं सुनीता ।

" अब पता चलेगा इन्हें आजादी दिवस क्या होता है "। जब पप्पू और चिंटू बबलू जी और बिट्टू जी के नाक में दम कर देंगे। रेखा बोली।

बबलू जी, और बिट्टू जी, ने अपनी अपनी पत्नियों के खाते में ढाई ढाई लाख रुपए जमा करवा दिए।

सुनीता और रेखा। सुबह चार बजे ही घर से निकल गई गोवा घूमने के लिए। बबलू जी के पास पप्पू को ,और बिट्टू जी के पास चिंटू को छोड़कर।

पप्पू और चिंटू मोहल्ले के सबसे ज्यादा शैतान बच्चे है।जो अपनी मम्मीयों के अलावा किसी के भी काबू नहीं आते।और मोहल्ले वालों की बैंड बजाते रहते है।

और अब अपने पापा लोगों का बैंड बजाने को तैयार हैं।अपनी अपनी मम्मीयों के कहने पर।

राम जाने क्या होगा बबलू जी और बिट्टू जी का।

रेखा और सुनीता जी की, मौजा ही मौजा।

" सतरंगी दुनिया है

खेल गजब निराले

कोई खुशी से नाचे गायें

कोई गम के मारे।

भुलक्कड़

" इंस्पेक्टर साहिबा मैं टॉमी मेरी मदद करो "।

सास और बीवी के जुल्मों से परेशान हो, आपके पास मदद की गुहार लेकर आया हूं।

नाम है टॉमी।

यह कैसा नाम ? ये तो कुत्तों का नाम होता है।

सामने बैठी महिला बोली।

"कुत्ता, कुत्ता ही तो बना दिया है मेरी बीवी ने मुझे "।

सुरेश चंद्र नाम था मेरा।

अब तो बस टॉमी ही बनकर रह गया हूं।

तभी पप्पू जी की बीवी निम्मो पप्पू जी को ढूंढते हुए स्कूल पहुंच गई।

क्या कर रहे हो यहां? पप्पू जी।

"तुम इन्हें तंग करती हो " सामने बैठी हुई महिला निम्मो जी से बोली।

निम्मो जी बोली आप कौन ?

महिला बोली मैं यहां की थानेदारनी हूं।

निम्मो बोली ये तो स्कूल है।

सामने खड़ा चौकीदार बोला।

यह हमारी प्रिंसिपल मैडम है और इन्हें भूलने की आदत है।

निम्मो बोली, और मेरे पति पप्पू जी को भी भूलने की बीमारी है।

पप्पू जी को पकड़ कर घर ले आई निम्मो।

और दो डंडे मारे पप्पू जी होश में आ गये।

पप्पू जी बोले निम्मो जी, आज मैं किस किरदार में था ?

आज तो तुम टॉमी हो गए थे पप्पू जी।

निम्मो पप्पू जी की भूलने की बीमारी से बहुत परेशान हो गई थी।

पप्पू जी को लेकर डॉक्टर साहब के पास गई।

निम्मो बोली, डॉक्टर साहब मैं इनकी भूलने की बीमारी से बहुत परेशान हूं।

कभी धोबी बन कर, सारा दिन घर के कपड़े धोते हैं।

कभी रसोईया, बन कर सारा दिन खाना बनाते हैं।

कभी रात के चौकीदार बन जाते है, "जागते रहो " कहकर सबकी नींद हराम कर देते हैं।फिर मोहल्ले वालों से पिटकर घर आते हैं, तब होश आता है इन्हें।

"क्या करूं " डॉक्टर साहब। पप्पू जी की आदतों से बहुत परेशान हो गई हूं मैं।

पप्पू जी को पप्पू जी के नाम से ही बार-बार पुकारा करो।

प्यार और विश्वास ,यही इलाज है पप्पू जी का।

डॉक्टर साहब बोले, और कुछ दवाइयां लिखकर दे देता हूं। समय से देते रहना, ठीक हो जाएंगे पप्पू जी।

तभी, पप्पू जी कंपाउंडर बन गये, और डॉक्टर साहब को बेहोशी का इंजेक्शन लगा दिया।

और निम्मो के पीछे पड़ गये। इतनी बीमारियां फैल रही हैं। इंजेक्शन लगाना जरूरी है। इस लिए मैडम जी आपको भी इंजेक्शन लगा देता हूं।

बड़ी मुश्किल से, निम्मो। पप्पू जी को दो डंडे मार कर होश में लाई।

निम्मो ने अपने पीहर से अपनी अम्मा जी को बुला लिया।

"अम्मा ! आपने मेरे गले में यह क्या आफत डाल दी ,पप्पू नाम की " निम्मो बोली।

यह सब किया धरा तेरी बुआ का है बिटिया। अम्मा जी बोली।

तुम्हारी बुआ की ,

शादी हमने भी भुलक्कड़ से करवा दी थी।

उसी का बदला ले गई तुम्हारी बुआ जी।

तभी पप्पू बच्चा बन गया।

जोर-जोर से चिल्लाने लगे। " नानी आई नानी आई खुशियों के संग टोफी लाई"।

अम्मा जी बोली।

"दामाद भुलक्कड़ सास को कहे नानी

पत्नी को अम्मा

हम सब की शामत आई

पप्पू जी डॉक्टर से लेकर बने कसाई "।

पर्वतीय

डॉक्टर आलोक शहर के सबसे बड़े डॉक्टर हो गए थे।

विदेश से पढ़ाई कर बहुत सी डिग्रियां साथ ले आये थे।

दूर-दूर से मरीजों का तांता लगा रहता। शहर हो या गांव देहात सभी में, डॉक्टर साहब की प्रसिद्धि फैल गई थी।

शीशे से चमचमाता बड़ा अस्पताल डॉक्टर आलोक ने बनवा लिया था।

बात करने तक की फुर्सत नहीं होती थी, डॉक्टर आलोक को।

दस मिनट से ज्यादा का समय, किसी भी मरीज को नहीं दे पाते थे, डॉक्टर साहब।

अपनी प्रसिद्धि का, घमंड भी हो गया था आलोक बाबू को।

डॉक्टर आलोक के अस्पताल में एक दिहाड़ी मजदूरन, नाम था "पर्वतीय"।

पर्वतीय बोली डॉक्टर साहब प्रणाम।

डॉ आलोक बोले, बताओ क्या परेशानी है।

पर्वतीय बोली, "बाबू साहब मुवा, शुगर बता रहे हैं, लोग। हम अनपढ़ क्या जाने, ये क्या बीमारी है"।

सुना है! पूरा शरीर खा जाती है। बड़ी भयंकर बीमारी है बाबू साहब।

पर्वतीय जब भी, आलोक को बाबू साहब कहती, तो आलोक को एक अपनेपन का एहसास होता।

जैसे ,यह सब शब्द कहीं सुने हो डॉक्टर साहब ने ।

ठीक है। शुगर जांच करवा लेते हैं तुम्हारी डॉक्टर आलोक बोले।

"सबसे बड़ी माया तो ये शरीर ही है", जो अंत तक साथ निभाता है । डॉक्टर बाबू। हम तो रात दिन रूपए पैसे के पीछे भागते रहते हैं, ।

अपनी कोई सुध ही नहीं रखते ।

यह सब तो होगा ही ।

तभी तो शरीर बीमार पड़ता है । बाबू साहब।

"दो एक दिन तो घर वाले भी पूछते हैं, फिर तो तुम हमेशा की बीमार हो। हम क्या करें "कहते हैं ।

"औरत जब तक गृहस्थी संभालती है, सजी-धजी आकर्षक होती है, तब तक मर्द जात " आगे पीछे डोलता है ।

" जैसे ही बीमार पड़ी औरत, दो-तीन दिन सेवा पानी। फिर लड़ाई झगड़ा शुरू हो जाता है ।

पर्वतीय बोले जा रही थी ।

"इस वजह से हम, पहले ही आ गई बाबू साहब ," किसके लिए कमाना । जब शरीर ही साथ नहीं ।

रोज पांच सौ रूपय की दिहाड़ी   कमाती हूं ,।

पर्वतीय की पांच सौ रुपया की दिहाड़ी, लाखों की माया थी उसके लिए।

डॉ आलोक हंस दिए पर्वतीय की भोली बातों पर । शायद बहुत दिनों बाद हंसे थे डॉक्टर आलोक ।

डॉ आलोक पर्वतीय की भोली बातों के मोह में फंस ।

अपने बचपन में लौट गए, डॉक्टर आलोक। गांव देहात मैं आलोक बाबू के दादा-दादी रहते थे।

डॉ आलोक के मम्मी, पापा दोनों डॉक्टर थे।

गर्मियों की छुट्टियों में ,नौकरों के साथ गांव चले आते दादा-दादी के पास आलोक बाबू जब छोटे थे।

दादा दादी आलोक बाबू को प्यार से "बाबू साहब " कहते थे।

खूब प्यार दुलार करते खुली हवा में सांस लेते डॉक्टर आलोक।

कुछ समय बाद आलोक बाबू को विदेश भेज दिया गया। आगे की पढ़ाई के लिए।

जब स्वदेश लौटे, डॉक्टर बनकर। तब तक दादा दादी की फोटो पर हार लग चुके थे।

ठगे से रह गए थे, डॉक्टर आलोक।

तभी बीच में पर्वतीय बोली

"ओ बाबू साहब, आपका कंपाउंडर आ गया है जांच के लिए "।

आलोक बाबू बोले ! तो मैं क्या कह रहा था आपसे।

" कुछ भी नहीं डॉक्टर बाबू " बस सुन रहे थे हमारी बातों को।

और ख्यालों में खो गए थे।

तभी, तुम्हारा कंपाउंडर आकर हमें डांट रहा था।

"यही जमी रहोगी क्या "।

आलोक बाबू ने, कंपाउंडर को डांट लगाई बुजुर्ग महिला से ,

ऐसी बात करते हो ?

पर्वतीय बोली "एक मिनट डॉक्टर साहब, बुज़ुर्ग नहीं है हम " । पर्चा पढ़ लो जरा, 35 वर्ष उम्र है हमारी, वो तो पान मसाला खाने से दांत खराब हो गए हैं हमारे ।

कंपाउंडर, पर्वतीय को डांट लगाते हुए बोला । चुप करो चलो यहां से ।

"आलोक बाबू बोले ।नहीं रहने दो पर्वतीय को " । बहुत दिनों बाद किसी की बातों से सुकून मिला है दिल को ।

" पर्वतीय तो असल गुरु हुई हमारी " जो दस साल की डिग्रियों में सीख ना मिली ।

वो सीख दो पल में ही दे गई पर्वतीय हमें । इन से फीस न लेना । कह कर चले गए डॉक्टर आलोक पर्वतीय को प्रणाम करके ।

कंपाउंडर बोला । "तुम्हें कोई शुगर क्या, कोई भी बीमारी नहीं " बोलने के सिवा जो लोगों का ह्रदय परिवर्तन कर देती है ।

" तो फीस वापस करो हमारी " ।

पर्वतीय बोली ।

हंसते हुए कंपाउंडर बोला, देता हूं।

" परिवर्तन जीवन का कर

दो पल में जीना सीखा गई

भोलेपन से जीवन के

सभी रहस्य समझा गई

पर्वतीय की भोली मुस्कान

जीने की राह दिखा गई "।

मां की गोद

"बिना फल वाले पेड़ ,छांव के सिवा कुछ नहीं देते। देखने में तो भरा पुरा फिर भी अधूरा सा होता है पेड़ "।

सरोज जी बोली ।

"ऐसे ही बिना बच्चों वाली स्त्री भरी पूरी होती हुई भी अधूरी होती है " ।

तभी, रमेश बोला, क्या अम्मा इसमें सरिता को क्यों दोष देती हो ।

"क्या नहीं किया हमने, डॉक्टर से लेकर मंदिर, मस्जिद ,गुरुद्वारे ' सभी जगह गये "। दुआएं मांगी

धागे बान्धे ,मन्नतें मांगी ,

क्या कुछ नहीं किया मैंने और सरिता ने ।फिर भी तुम यह सब कहती हो अम्मा जी ।

अम्मा जी, और रमेश की सभी बातें सरिता ने सुन ली थी ।

सरिता बोली, अम्मा जी ठीक ही तो कह रही है रमेश ।

आज दस साल हो गए ,हमारी शादी को ।

" फिर भी मेरी गोद सूनी है रमेश "।

'तुम दूसरी शादी क्यों नहीं कर लेते रमेश " सरिता बोली ।

"तुम क्यों नहीं दूसरी शादी कर लेती सरिता रमेश ने कहा "।

सरिता ने अपना हाथ रमेश के मुंह में रख दिया ।

"फिर कभी ऐसा मत बोलना रमेश "।

" और तुम भी कभी ये ना बोलना सरिता रमेश बोला "।

"सुनो सरिता ! मैंने अपना ट्रांसफर दूसरे शहर में ले लिया है "।

चल ने की तैयारी करो।

दो दिन में ही जाना है। हमें और तुम्हें रमेश बोला।

"इतनी जल्दी?तुमने कुछ बताया क्यों नहीं सरिता बोली "।

अम्मा जी बाबूजी से क्या कहोगे रमेश।

मैंने बाबूजी से सब कह दिया है। तुम बस चलने की तैयारी करो सरिता।

अम्मा जी बाबूजी से बिदा लेकर। रमेश और सरिता दूसरे शहर चले गए।

जाते समय भीगी पलकों सेअम्मा जी बोली "खाली गोद जा रही हो सरिता। आओगी तो भरी गोद आना "।

रमेश मन ही मन कह रहा था। इसीलिए तो जा रहे हैं।

नई जगह नये लोग, कुछ अजीब सा लग रहा था सरिता को।

नवरात्रि के दिन थे।

सरिता मन ही मन, मां अंबे से प्रार्थना कर रही थी कोई चमत्कार करना मां।

सरिता और रमेश के पड़ोस में वर्मा जी रहते थे।

वर्मा जी की पत्नी सरिता से बोली। बच्चों को साथ नहीं लाई हो।

तभी, रमेश बीच में बोल पड़ा अभी छोटी है बिटिया। अम्मा के पास छोड़ आए हैं। जल्दी ही ले आएंगे।

सरिता आश्चर्य से रमेश को देखती रही। "ये क्या कह रहे हैं रमेश आप "?

अच्छा सरिता, कल हमें कहीं जाना है । मैं ऑफिस से जल्दी आ जाऊंगा । तुम तैयार रहना ।

कल नवमी है ।तैयारी भी तो करनी है पूजा की ।

वही तो सरिता, तभी तो कह रहा हूं ।

दूसरे दिन रमेश ,सरिता को लेकर अनाथ आश्रम चला गया ।

सरिता आज तुम्हारे दस साल का इंतजार खत्म हो गया है ।

सरिता की आंखों से खुशी के आंसू निकल गए ।सच रमेश !

हां सरिता एकदम सच !रमेश ने कहा ।

अनाथ आश्रम का मैनेजर

सरिता और रमेश को लेकर बच्चों के पास चला गया ।

वहां पर एक दिन से लेकर दस साल तक के सभी बच्चे थे ।

सभी बच्चों ने सरिता को घेर लिया ।

सरिता जमीन पर बैठकर खुशी से रोने लगी ।

तभी पाँच छ साल की छोटी बच्ची सरिता के आंसू पोछती हुई बोली ।

क्यों रो रही हो ?

"क्या तुम हमारे लिए, टॉफी चॉकलेट लाना भूल गई हो । कोई नहीं, फिर आओगी तो ले आना, अभी चुप हो जाओ " ।

सरिता ने पीछे मुड़कर देखा एक छोटी प्यारी सी भोली बच्ची सावला रंग बड़ी-बड़ी आंखें ।

मिनी आंटी को तंग नहीं करते । वह आप सब लोगों से मिलने आई है ,अनाथ आश्रम का मैनेजर बोला ।

सरिता ने मिनी को गोद में उठा

लिया ।

सब कुछ लाई हूं । तुम्हारे लिए मिनी सरिता बोली ।

तो दो ना । कहां है खिलौने मिठाई मिनी बोली ।

रमेश दोनों हाथों में भरकर मिठाई खिलौने कपड़े सब कुछ ले आया । मैनेजर को देते हुए रमेश बोले सब में बांट दो ।

मिनी भी सरिता की गोद से उतर कर चॉकलेट लेने लगी ।

रमेश समझ गया । सरिता को मिनी ही चाहिए । उसने ऑफिस में कागजात पूरे किए । और मिनी को आया, तैयार कर ले आई ।

और सरिता की गोद में दे दिया । मिनी को ।

रमेश बोला सरिता आज तुम्हारी सुनी गोद भर गई है ।

खुशियों से रमेश और सरिता की आंखें छलक गई ।

मिनी बोली ।आप दोनों कौन हो, आया कह रही थी, अब से मैं आपके साथ रहूंगी ।

सरिता ने कहा । हमारी बिटिया हो तुम मिनी, और "हम दोनों तुम्हारे मम्मी पापा "।

मम्मी पापा मिनी बोली ।

रमेश और सरिता का दिल भर आया । मिनी के मुंह से मम्मी पापा सुन कर ।

आज मां सिद्धिदात्री के रूप में, मिनी ! रमेश और सरिता को मिली ,

मां अंबे का आशीर्वाद बनकर ।

"खुशियों के साथ

मिनी है आई

मां दुर्गे का आशीर्वाद है लाई " ।

लल्लन भैया

"हरी हरी इलायची चाब रहे हो भैया, कहां खुशबू बिखेरने का इरादा है "।

" इस उम्र में क्या खुशबू बिखेरेंगे बबलू '"।

हाजमा दुरस्त कर रहे हैं बस !

तुम तो जानते हो अपनी भाभी को ,रात दिन तला - भुना मसाले वाला खाना खिलाती है।

और, दो इलायची पकड़ा कर कहती है, चाब लो हाजमा ठीक रहेगा।

'बेचारे पेट का हाल तो, सुबह-सुबह ही पता चलता है ,

कितना लड़ा है तेल मसालों से।

"भाभी की बुराई का एक मौका नहीं छोड़ते भैया आप "।

रुक जरा ! शैतान कहीं के "भाभी का गुलाम देवर "।

" देवर भी और बेटा भी "।

" खबरदार भैया " जो भाभी के खाने में नुक्स निकाले ।

"तो अम्मा से पकवाएंगे तुम्हारे लिए पकवान " समझे ! लल्लन भैया ।

"क्या बबलू भाभी से अम्मा तक" ये जुल्म ना करो !

तो ठीक है भैया ! चलो सौ रुपल्ली ढीली करो ।

"ब्लैकमेल करेगा बबलू अपने भैया को?

" तुम जैसे थोड़ी हैं हम भैया। "

वो तो भाभी दही मंगवाई थी।

उनसे थोड़ी ही पैसे मांगते हम।

आपसे ही तो कहेंगे भैया।

"आप भी ना ! भैया रूठ गए हम आपसे "।

नेहा बोली ! क्यों रूठ गए हमारे कान्हा, मेरा बबलू।

ये जो भैया है ना भाभी ,

तभी ! बीच में लल्लन जी बोल पड़े ,नेहा जी । तुमने अपने, लाढ प्यार से बिगाड़ दिया है बबलू को।

क्या बबलू ? पढ़ाई के लिए ही तो कह रहे थे, इम्तिहान सर पर है तुम्हारे।

ये लो, दो सौ रुपया, और घर का सामान लेते आना।

" और तुम मेरे सपनों की रानी ", मां अन्नपूर्णा का अवतार जो पकवान खिलाती हो धन्य हो गए हम "।

" तुम भी ना " लल्लन जी । हमारी तारीफ ही किया करो, अच्छा लगता है हमें।

कहकर नेहा चली गई।

बबलू बोला, "उस्ताद हो भैया चरण छूते हैं तुम्हारे "।

एक साथ, दो मुंह बंद करवा दिए, एक हमारा एक भाभी मां का।

"तुम तो यूं ही खुश रहा करो बबलू मजे में "।

मुस्कुरा दिए लल्लन जी इलायची चबाते हुए।

"संभलते हैं रिश्ते प्यार दुलार से

नाजों - नखरो से

जिंदगी के फलसफो से " ।

अधूरे एहसास

"दर्द को गहराई में छुपा रखा है आपने रमेश बाबू " तभी तो हंसते-हंसते आंखें छलक जाती हैं आपकी।

बस, यूं ही समझ लीजिए शर्मा जी।

मेरा और मेरी श्रीमती जी का ऐसा ही है, कभी आसमां के तारों में नजर आती है, कभी बादल बनकर भीगो जाती है ,मुझे मेरी सरिता।

" वक्त ने लिख दी है, चेहरे पर, वक्त की दास्तां, झुर्रियों पर से गुजरती, कहानियां किस्से लम्हें जिंदगी के, शर्मा जी " !

"सही है रमेश बाबू " !

"ये चाय की टपरी ना होती तो क्या करता मैं, आसमान में तारों के बीच एक चेहरा ढूंढता, अपनी सरिता का, यहां बैठकर, आप सभी दोस्तों के संग, समय काट लेता हूं, अपनी जिंदगी के किस्से कहानी सुना कर, और आप सभी के किस्सों में ठहाके लगाकर।

"और हम सब भी, आपके साथ रमेश बाबू खुश रहते हैं "!

"शर्मा जी ! ना बीवी ना बच्चे एकदम अकेला हूं "!

तनहाई में बादल बन जाता हूं ! फिर, सरिता जी ख्वाबों में आकर थाम लेती है, मुझे घड़ी दो घड़ी के लिए ! और एक ठंडी हवा के झोंके से गुजर जाती है ख्वाबों में।

" वक्त ने अकेला कर दिया आपको रमेश बाबू " ।

शर्मा जी, " कभी लगता है सब कुछ बेच कर वृद्धा आश्रम चला जाऊं ", फिर सरिता आकर रोक लेती है मुझे। इस घर के कोने कोने में हूं मैं ! रमेश बाबू ,मुझे छोड़कर मत जाओ ! रुक जाता हूं, एक अधूरे एहसास के साथ !

शर्मा जी ! कहते हुए रो पड़े रमेश बाबू।

"सांसों का ना सही, रूह का बंधन है आप दोनों का रमेश बाबू " ।

"चलो चलता हूं। "अपनी प्रेमा के पास कहीं देर ना हो जाए " नहीं तो मैं भी तुम्हारे सानिध्य में ढूंढता फिरूंगा तारों में अपनी प्रेमा को, रमेश बाबू ! कहकर चले गए शर्मा जी। सरिता और रमेश को एक दूजे के एहसास के संग छोड़कर।

"सांसों से सांसों का बंधन ना सही

रूह से एहसासों का नाता हमारा तुम्हारा "।

बारिशों के मौसम

सुनो जी । बाहर बारिश अंदर हम तुम । तो क्यों ना गरम "चाय पकोड़ों के साथ, शमा बांधा जाए लता रानी " ।

क्यों नहीं शर्मा जी !

तुम तो मोबाइल में चैटिंग का मजा लो ।

यह क्या कहा तुमने लता रानी।

जो तुमने सुना शर्मा जी।

"जिसके साथ चैटिंग में हो वो हम ही हैं शर्मा जी। "

क्यों मजाक कर रही हो लता रानी? क्यों मजाक करेंगे ! क्या तुम हमारे "जीजा हो रहे हो

जो तुमसे मजाक करेंगे "

सब समझते हैं तुम्हारी रग रग को शर्मा जी ।

"वो तो हम समझ गए थे ,लता रानी "तुम ही हो हम भी मजाक में आ गए थे।

क्या कहा तुमने शर्मा जी।

मैं तो यूं ही कह गई थी अब ना बच पाओगे तुम शर्मा जी।

शर्मा जी ने डर के मोबाइल को हाथ में पकड़ा और कहा ना रहेगा बांस ना बजेगी बांसुरी । और मोबाइल को जमीन में पटक दिया ।

ये क्या किया तुमने ? मोबाइल क्यों पटक दिया ? सिम थोड़ी टूटा है जाओ पप्पू सिम निकाल हमें दे दो। "जी मम्मी अभी लाया " पप्पू मोबाइल से सिम निकाल लाया।और लता जी के हाथ में दे दिया।

पप्पू पापा के कान में कहने लगा, "हम हेमा जी हैं " । आपकी चैटिंग में, नया बैट बॉल चाहिए।

क्यों नहीं पप्पू। कहते हुए शर्मा जी, बारिश को कोसने लगे। ना बारिश होती, ना चाय पकौड़े ,ना फरमाइश, मर क्यों नहीं गया मैं। रोने लगे शर्मा जी।

अब लता रानी क्या हाल करेगी। सोच कर कांप रहे थे शर्मा जी।

हिम्मत बांधकर शर्मा जी बोले।

" भौहें तीर कमान तुम ही हो मेरी सरकार " । पप्पू जी है जी का जंजाल ! क्या कहा शर्मा जी ?

वो ,पप्पू हमारे घर की है शान ! और हम?

"तुम ही हो जीवन की बगिया तुम बिन हम अधूरे अधूरे। "

ये, नौटंकी ना चलेगी हमारे सामने शर्मा जी।

तो क्या करूं लता रानी ? तुम ही कहो।

नई साड़ी और हार चाहिए।

शर्मा जी हिसाब लगाने लगे, मोबाइल बीस हजार, गले का हार डेढ़ लाख ,साड़ी दस हजार से कम ना लेगी लता रानी।

हे भगवान क्या करूं उठा लो मुझे। तभी पप्पू बोला हमें क्यों भूल गए पापा बीस हजार हमारे भी जोड़ दो हिसाब में।

"वक्त ए सफर में

फलसफे जिंदगी के

कभी हंसाते हैं कभी रुलाते हैं

बारिशों के मौसम में

क्या खूब रंग दिखाते हैं। "

एक पिंकी दूजा लल्लन

सुनो जी ! अब ना सुन सकेंगे तुम्हारी अम्मा जी का हुकुम हम ! रोज-रोज की खिच-खिच से परेशान हो गए हैं !

क्या हो गया पिंकी जी ?

तुम तो चुप ही रहो लल्लन जी !

बहुरिया ! अचार बना लो पापड़ बना लो, बड़ियां बना लो, गेहूं सुखा दो, कपड़े इस्त्री कर दो, समय से कुछ होता नहीं तुमसे बहुरिया !

क्यों ? लल्लू जी ! जब हम से प्रेम किए थे तो बड़ी-बड़ी कसमें खाते थे ! पिंकी जी ! ये जिंदगी आपकी गुलामी में बीतेगी ! रानी बना के रखेंगें तुम्हें !

तुम ब्याह के लिए, हां भर कर दो !

रानी नहीं नौकरानी बनाकर रख दिया, तुम्हारी अम्मा ने हमें !

तुम तो अठन्नी चवन्नी की चौकीदारी करो अपनी दुकान में !

ये क्या कह रही हो ! पिंकी जी, तुम्हारी गुलामी करते करते तो हम दुकान जाना ही भूल गए !

अम्मा अलग ताने मारती है ! लल्लू जी लल्लू ही हो गए हो बीवी की गुलामी में !

बड़े प्यार से अम्मा बाबूजी ने लल्लन नाम रखा था हमारा !

तुमने तो पिंकी जी लल्लू बना छोड़ा हमें !

अच्छा जी ! बड़े आए लल्लन जी ! ज्यादा बातें ना करो अदरक की तरह कूट कर रख देंगे तुम्हें समझे या समझाएं !

जाओ चाय बना कर लाओ ! और पैर भी दबा दो ! तुम्हारी अम्मा का हुकुम बजाते बजाते थक गए हैं हम !

क्यों नहीं मेरी रानी ! अभी चाय लेकर आता है तुम्हारा गुलाम !

तुम्हारी इन्हीं प्यारी मीठी बातों की खुशबू से ही, तो महक जाते हैं हम लल्लन जी तुम्हारी सौगंध !

"प्यार की बरसातों में

भीग गये दो मन

एक पिंकी दूजा लल्लन संग " !

चिराग उम्मीदों के

बीसीओ साल से यहां ठेला लगा रहे हैं दादा के जमाने से ! फिर बाबूजी ! अब हम ! क्या करें मैडम जी ! चाहते हैं टीन शेड लगवा ले ! बरसात में दिक्कतों का सामना करना पड़ता है !

हमारी चाय की टपरी सेवा ही करती है लोगों की ! और हम बेरोजगारों को रोजगार भी ...

डिग्रीयां तो बस, जेब में धरे घूमते हैं हम जैसे लाखों नौजवान !

जब हम लोग कुछ रोजगार करते हैं ! तो सबसे पहले हमारे ठेलों चाय की टपरियों पर ही गाज गिरती है ! और मौसम अलग परेशान करता है मैडम जी ! सुना है गरीबों की मदद करती हैं आप ! अपनी गुहार लेकर आए हैं बड़ी उम्मीद से !

क्यों नहीं हम भी इसी गरीबी से उठ कर आए हैं ! मेहनत रंग लाई तो, अफ़सर हो गए! आप लोग तो अपने हो हमारे ! हमसे जो बन पड़ेगा, नियम के तहत तो जरूर आपकी मदद करेंगे कहकर कुसुम जी चली गई !

रमेश भी, आश्वासन लेकर आ गए अपनी चाय की टपरी पर !

अगले दिन कुसुम जी ने चाय की टपरी पर शेड लगा दिया और चार छः कुर्सियां भी अपनी ओर से भेंट करती हुई बोली !

सलाम तुम्हारे जज्बे को रमेश ! अब से आते जाते तुम्हारी टपरी में एक कप चाय पक्की !

जी जरूर ! दोनों हाथ जोड़ते हुए रमेश की आंखें नम हो गई।

"हौसले जज़्बात पक्के हो अगर

अंधेरों में भी चिराग़ जगमगानें लगते हैं उम्मीदों के "।

पत्रलेखा

अल्फाजों का बोझ ना उठाएंगे अम्मा कह देते हैं।

कह दीजिए बाबू जी से।

ये क्या कह रही हो पत्रलेखा ?

तुम्हारे बाबू जी हैं। समझा रहे हैं तुम्हें।

ऐसे अम्मा? पढ़ाई लिखाई बहुत हो गई। दूसरे के घर जाओगी ! घर गृहस्ती सीख लो, यह किताबें काम नहीं आएंगी तुम्हारे। आज के जमाने में ऐसा कोई कहता है ?

पुराने जमाने के विचारों के हैं, तुम्हारे बाबू जी बिटिया, तुम तो जानती ही हो।

रहने दो अम्मा। बेटियां तो पराई होती हैं, बेटों में यह नियम लागू नहीं होते।

ऐसा नहीं है बिटिया।

बस ! दो साल चाहिए, और तुम्हारा साथ अम्मा। आसमान का सफर कराएगी, तुम्हारी पत्रलेखा तुम्हें।

दिये बिटिया दो साल तुम्हें ! और तुम्हारा साथ भी।

आसान न होगा अम्मा बाबूजी के सामने।

आसान तो, आसमां में जहाज उड़ाना भी ना होगा बिटिया।

" खींच लाएंगे सतरंगी लकीरें

अरमानों की

आसमां में अम्मा

साथ जो तुम्हारा मिले हमें।

ये वादा रहा

आज मौसम में नमी बहुत है !

तुम्हारी आंखों का कसूर है बरखुरदार !

ये क्या कह रहे हो तुम जीते?

तो तुम ही कहो रोहित !

जब से तुम परदेस आए हो ! अपना मन तो, देश में ही छोड़ आए हो ! मुस्कुराती हैं आंखें तुम्हारी गम को छुपाए हुए !

बस यारा जीते ! एक तू ही तो है परदेश में ,जो मेरे मन का पढ़ लेता है ,वरना यहां आकर भी नहीं जी पाता में !

कुछ तो बोल यारा रोहित !

कह देने भर से, कहां वो अपने होने वाले हैं !

अच्छा ! तो ये लैला मजनू का किस्सा है रोहित !

अब तो हम भी इसके हिस्सेदार हैं जनाब !

हां यारा ! तेरे जैसे प्यारे दोस्त को हिस्सेदार नहीं बनाऊंगा तो किससे कहूंगा ! तो सुन जीते मेरी प्रेम कहानी ! जो सदा के लिए अधूरी रह गई ! इस बार उसके पापा नहीं मेरे पापा विलेन थे !उसका कोई नाम तो होगा यारा ! नहीं जीते नहीं कहूंगा ! बदनाम हो जाएगी मेरी मोहब्बत ! वैसे मैं उसे प्यार से प्रिया कहता था ! और वह क्या कहती थी ? वो, वो तो मुझे मजनू कहती थी !

आगे बोल रोहित ! तेरे पापा ने ऐसा क्या कह दिया कि लैला मजनू को जुदा होना पड़ा !

सदियों से जो कलंक रहा है इस समाज में ! दहेज ,दहेज मांग लिया मेरे पापा ने!

प्रिया के पापा से डिमांड रखने लगे ! प्रिया के पापा हंस कर स्वीकार करते रहे! पर प्रिया को यह बात स्वीकार नहीं थी !

और बोल पड़ी अंकल जी ये दुकान नहीं मेरा घर मेरा आत्मसम्मान है ! मुझे आपकी कोई भी बात स्वीकार्य नहीं !

रोहित तुम कुछ कहो प्रिया बोली ! मेरी तो जान ही अटक गई एक तरफ प्रिय का प्यार दूसरी तरफ पापा का मान सम्मान था !

बेटे के आगे प्रेमी हार गया !

प्रिया की आंखें आंसुओं से भर गई थी ,मैं चुपचाप अपने पापा के साथ वहां से चला गया ! प्रिया ने मुड़कर मेरी तरफ देखा !

मेरे पापा मेरा हाथ खींच कर घर ले गए ! उसके बाद मैं कई बार प्रिया के पास गया ! उससे माफी मांगने !प्रिया ने कुछ नहीं कहा ,मेरे यारा ! वो नम आंखों से हाथ जोड़ कर चली गई ! मैं भी परदेस चला आया अपनी प्रिया का दिल दुखा कर ! आज पांच साल हो गए हैं प्रिया से जुदा हुए ! वक्त बेवक्त ये आंखें नम हो जाती हैं यारा ! रोहित बच्चों की तरह जीते के गले लग कर रोने लगा !

रो मत ओ यारा ! तेरे जैसे बहादुर तो कम ही होते हैं जो अपने पापा की पगड़ी झुकने नहीं देते !अपने प्यार की कुर्बानी दे देते हैं ! मुझे तुझ पर गर्व है मेरे यारा!

तेरी प्रिया को मान सम्मान के साथ तेरे पास तेरा जीते लेकर आएगा यारा ये वादा रहा ।

"खुशियां है आई सौगात लेकर

प्रिया

संग

रोहित

की बारात लेकर

निभा कर वादा जीते ने

दोस्त को दी जिंदगी की खुशियां सारी। "

क़िस्से जिंदगी के

पिटाई अभियान चालू है लल्लन भैया आपका !

क्या बका बे ? छोटू !

सच कह रहे हैं ! भैया, जुल्मों सितम हो रहे हैं आप पर !

तुम तो चुप रहो छोटू ! ज्यादा बका मत करो !

अम्मा के सामने मुंह मत फाड़ देना समझे ! या समझाएं ?

जब, भाभी के द्वारा ! आपका पिटाई अभियान चल रहा था ! तो हम चुपके से वीडियो बना रहे थे !आपका भैया !

इस विषय में अब क्या बकोगे

भैया !

वो ! अरे ! वो ! तो हम बस टाइम पास कर रहे थे !

वैसे ! लग तो नहीं रहा था ! पर आप कहते हो तो ! भी नहीं मानते हम !

ना मानो हमारा क्या छोटू?

आपका ही तो !वीडियो है भैया !

क्या चाहते हो छोटू अब कह भी दो !

बस कहने भर से डर लग रहा है भैया !

पहले वीडियो डिलीट करो फिर बिना सुने ही मान जाएंगे हम छोटू !

तो ! लाओ स्कूटी की चाबी !

जो नई लेकर आए हो आप !

एक हाथ चाबी दूजे हाथ वीडियो डिलीट भैया !

अच्छा बच्चु स्कूटी के लिए यह कारनामा किए हो !

रुको ! बताते हैं तुम्हें !

नेहा बोली क्यों लल्लन जी हमारे देवर को क्यों सताते हो ? क्या कहें अब तुम्हें लल्लू!

लल्लू ही कहो ! महारानी जी ! इनकी करतूत सुनो गी ! तो खुद इनकी पिटाई कर दोगी !

जब तुम हमारी पिटाई कर रही थी ! तो इन साहबजादे ने हमारा वीडियो बना दिया !

भैया क्या सच कह रहे हैं छोटू?

भाभी के कान में ,छोटू बोला ! लल्लन जी का लल्लू बना रहे थे ! और कुछ नहीं भाभी !

तुम भी ना छोटू ! बड़े भैया से ऐसा मजाक करते है क्या?

जाओ माफी मांगो अपने भैया से !

अरे ! भाभी हम आपसे स्कूटी की चाबी लेने आ रहे थे ! तो भैया बोले ,क्यों बे क्या जासूसी कर रहे हो ?

बस ! हमें भी शरारत सूझी तो कह दिए मजाक में !

ये तो !हक है !तुम्हारा छोटू चिरंजीव रहो सदा खुश रहो नेहा बोली !

हंस दिये तीनों ! भैया भाभी और छोटू।

"भैया भाभी का प्यार आशीर्वाद के साथ

लाया है खुशियों की सौगात

लम्हों में जिंदगी के साथ। "

अमलतास

वैशाख की भरी दुपहरी में डाकिया बाबू चिट्ठी ले आए।

पुकारने लगे। "भौजी ओ भौजी तुम्हारी चिट्ठी आई है"।

कौन ?

"मैं डाकिया तेरी कुमुद की चिट्ठी लाया हूं, भौजाई"।

कुमुद?

हाँ रि ! भौजाई, तेरी चमकानी

कि ही चिट्ठी है।

दो साल हो गए, भौजी, अपनी चमकानी से मिले।

हाँ रे ! डाकिया बाबू, दो साल से मेरी कुमुद पीहर नहीं आई।

पर क्यों भौजी?

डाकिया बाबू, मेरी चमकानी को बिटिया हुई है।

ऐसे में कैसे आती पीहर ,

मेरी चमकानी ,डाकिया बाबू।

बधाई हो ! बधाई हो ! भौजी

'हमारी बिटिया की गोद में नन्ही कली मुस्कुराई है'।

आज तो दो लड्डू और गिलास भर चाय पियूंगा।

क्यों नहीं ,डाकिया बाबू अभी लाई।

अरे !ओ भौजाई ,खुशी में तो तुम चिट्ठी पढ़ना ही भूल गई ,अपनी चमकानी की।

" तुम ही सुना दो ना हर बार की तरह डाकिया बाबू "।

तुम चूल्हे में चाय चढ़ाओ, मैं चिट्ठी पढ़ता हूं ,भौजी ।

"आदरणीय अम्मा, बाबूजी और डाकिया बाबू जो मेरी चिट्ठी तुम्हें पढ़कर सुनाएंगे "

डाकिया बाबू को, खुशखबरी दे दी होगी, तुमने अम्मा ।

आप सभी को मेरा प्रणाम स्वीकार हो।

अम्मा कमजोरी बहुत है जब से बिटिया हुई है।

हो सके तो तुम मेरे पास आ जाना।

इस बार भी ना, आ सकूंगी मायके । डाकिया बाबू से संदेश लिखवाकर भेज देना, अम्मा

राजी खुशी का।

मेरा और मेरी अमरतलाई का

प्यार भरा प्रणाम आप सबको, तुम्हारी चमकानी।

तुम्हें पता है ! ना डाकिया बाबू ,लीला बोली, वैशाख में अमलतास के फूल आते है, प्यारे पीले रंग के औषधि गुणों के संग "।

" फूल गर्मियों का, और तासीर ठंडी"। ऐसी ही मेरी चमकानी है, "सारा ताप खुद सहन कर "

महक सबको दे जाती है ।

" तभी तो चमकानी कहती हूं मैं अपनी कुमुद " ।

अमलतास दूजा नाम चमकानी ही है, डाकिया बाबू ।

" तुम तो ! जानते ही हो, डाकिया " बाबू।

एक ही तो संतान है मेरी

फिर भी मुझसे .... ।

कहते हुए ,रोने लगी लीला भौजी ।

" तुम भी ? भौजी "।

अब तो, दो चमकानी है तुम्हारे, पास क्यों रोती हो?

" चलो चलता हूं और घर भी संदेश पहुंचाने हैं " ।

तुम्हारा संदेश लेकर, खुद जाऊंगा चमकानी के पास, और अपनी नातिन को भी तो देखना है ।

दो गांव ही तो दूर है ।डाकिया बाबू बोले ।

हाँ रे !डाकिया बाबू ,दो गांव ही तो दूर है मेरी चमकानी ।

अपने आंचल से आंखें पोचती हुई लीला बोली।

" दो गांव ही तो दूर उगता है । अमलतास का पेड़ ,फूलों संग । जैसे मेरी चमकानी और मेरी नातिन " ।

"पीहर का मान

ससुराल का सम्मान

बेटियां होती हैं दो कुल की लाज

बेटियों में समाया ये सारा संसार। "

सैलाब

बाबा एक कप चाय पिलाओगे?

मुझे बड़े आश्चर्य से देखने लगे बाबा !

लोग उन्हें ! पागल बाबा के नाम से जानते थे !

भूले भटके ही लोग उनकी चाय की टपरी में आते !

वीरान सुनसान इलाके में ! बाबा की चाय की टपरी थी !

एक पुरानी हवेली के बाहर !

उम्र कोई ! अस्सी के आसपास रही होगी।

बड़ी सी पुरानी हवेली के पास ही बाबा डेरा जमाए हुए थे !

हवेली के आसपास ! नागफनी और ! कुछ, आवारा कुत्तों ने अपना आशियाना बना रखा था !

लोगों से सुना था ! रात में कुत्ते भी भाग जाते हैं, वहां से !

मुझे भी डर लग रहा था !

मेरे पति ने मुझे गुस्से में कहा ! ये, कहां लेकर आ गई हो मुझे !

मुझे नहीं पता ! मेरे मुंह से निकल पड़ा !

मेरे पति गुस्सा होकर गाड़ी में बैठ गए !

और मैं बाबा की टपरी में चाय लेने आ गई !

उन्होंने मुझे दो कप चाय दी, और पैसे भी नहीं लिए।

मैंने अपने पति से कहा, आप ही बाबा को पैसे दे दो !

वह बोले ! तुम ही जानो ये सब !कहकर चाय पीने लगे ,

मैं बाबा के पास बैठकर चाय पीने लगी ! कब से हो बाबा यहां?

बाबा बोले ! पहली हो, जो पूछ बैठी हो मुझसे, डर नहीं लगता है तुम्हें?

नहीं बाबा मैं नहीं डरती !

मेरे सिर में हाथ रखकर उनकी आंखें नम हो गई ! सच कह रही हो?

बिल्कुल सच बाबा !

कुछ कहो ना अपने बारे में ! इस सुनसान जगह पर क्या कर रहे हो ? और तुम्हारे पीछे यह बंद पड़ा गेट किसका घर है?

इस गेट से क्यों नहीं पूछ लेती बिटिया !

बाबा लगता है ! यह एक सदी से बंद पड़ा है !

तुम ही पूछ कर बताओ ना बाबा इस गेट से ! मेरी तो सुनता ही नहीं है ये !

ठीक है बिटिया ! बाबा पीछे मुड़े और कुछ बड़बड़ाने लगे !

एक पल के लिए मैं डर गई ! मेरे पति भी मेरे पास आकर बैठ गए !

बाबा पीछे मुड़े ! ठीक है बिटिया ! इस दरवाजे की आवाज बन जाता हूं मैं ! तुम्हारे लिए !

कहो ना बाबा !

ठीक है बिटिया तो सुनो !

तेरा दिल रो पड़े तो ! मुझे ना कहना, पगले ने रुला दिया !

अब ! कह भी दो ना बाबा !

तो सुन बिटिया ! आज से पचास साल पहले, यह जगह ऐसी न थी ! यहां भी जिंदगी गुलजार थी ! चार बच्चे मियां बीवी, नौकर चाकर ! आने-जाने वालों का तांता लगा रहता था यहां !

एक रोज ! बहुत तेज बारिश हुई लगता था ! सब बाह ले जाएगी अपने साथ ! फिर बिजली चमकी ! और सारे घर को भस्म कर दिया ! सारा घर जल गया ! कोई नहीं बचा ! तभी से, ये जगह वीरान हो गई ! मैं यहां चौकीदार का काम करता था ! तीस वर्ष की उम्र रही होगी मेरी ! यह सब अपनी आंखों से देखा है बिटिया !

तब से कोई नहीं आता यहां ! अकेला हूं ! सभी के साथ !

कौन हो आप ? और किन सभी की बात कर रहे हो बाबा !

मैं ! और छः आत्माएं !

जाओ चली जाओ यहां से ! और फिर पत्थर उठाकर मुझे मारने लगे ! फिर कभी लौट कर मत आना कह कर रोते हुए भाग गए।

"न जाने क्या था वह मंजर

जो दिल के अंदर सैलाब ले आया ।"

शिवम

शिवम ! आज कोई नौटंकी नहीं दिखाएगा यार।अजय बोला।

क्या कहूं ! अजय और तुम मेरे सारे दोस्तों की टोलियों से।

"हाले दिल अपना यारों "।

आज सुबह पापा से पैसे मांगने गया । दिल पर पत्थर रखकर । पता था । ना उम्मीदी ही हाथ आएगी ।सोचा ! शायद कोई चमत्कार हो जाए।

पापा कुछ रुपए पैसे चाहिए कॉलेज का काम है।

पापा बोले ! क्यों नहीं बरखुरदार !

"तुम्हारे ऐशो आराम के लिए ही तो कमा रहा हूं "।

तुम पर ही तो ।पैसे रुपए उड़ाऊंगा।

"तुम्हारी मम्मी । दहेज में रुपए छापने की मशीन जो लाई है " ।

" क्या कहा शिवम के पापा ?

खबरदार ! जो मेरे घर वालों के लिए कुछ कहा " ।

कहते हुए लता जी रोने लगी ।

कभी कुछ दिया है । तुमने मेरे बेटे और मुझको जो अब दोगे ।

"कभी सौ रुपये तो क्या । एक ढेला भी नहीं दिया तुमने मुझे " ।

ये क्या कह रही हो ? लता सब कुछ तो तुम्हारा ही है शर्मा जी बोले।

झूठे कहीं के । चल शिवम नानी के घर । अब ना रह सकूंगी इस कंजूस आदमी के संग ।

अरे ! रुको लता । ये लो दस हजार रुपये ।

जो पसंद हो सब कुछ ले लेना । पर, मुझसे नाराज ना होना लता रानी । और हां ।

"शिवम को एक भी रुपया ना देना । सारा दिन दोस्तों के साथ मटरगश्ती करता रहता है तुम्हारा " ।

"तुमने कहा और हमने सुना शर्मा " ।

ले शिवम सौ रुपये ।और मोमो खा लेना अपने दोस्तों के संग ।

ये था । आज का लाइव ड्रामा दोस्तों ।

बस ! सौ रुपये में मान गए शिवम । अजय बोला ।

सौ, पापा के सामने और हजार मम्मी के ।हो गये ग्यारह सौ रुपये समझे दोस्तों।

सभी दोस्तों की टोली । चल दी शिवम के संग मोमो के ठेले पर ।

"मुस्कुराते हैं दिन-रात

दोस्तों के साथ

संग आते हैं किस्से

यादों के साथ ।

नदी किनारे एक प्रेम कथा

पानी में अठखेलियां करती तुम।

अपनी ही धुन में खोई हुई।

"मैं तुम्हें दूर से निहारता "।

और तुम।

" मैं क्या "राहुल ?

और तुम नेहा ।अपने आप में ही गुमसुम थी।

मैं तो था ही नहीं तुम्हारे मन में नेहा।

तुम थी ।नदी का किनारा । वो पत्थर ,जिसमें बैठकर तुम । पानी में अपने पैर डुबोती । फिर हाथों से पानी की छपकियां लेती । छोटे छोटे पत्थर उठा कर पानी में फ़ेंकती। तुम नेहा ।

और क्या राहुल?

और तुम ही तुम नेहा।

बुद्धू कहीं के । तुम्हारे इंतजार में ही तो राहुल ... ।

सच नेहा।

मुच राहुल।

छोटी सी प्रेम कहानी।

जो नदी किनारे शुरू हो। वही पूर्ण हो जाती है।

सात जन्मों के लिए।

" शिव गौरा सा संग हमारा

हर रंग में रंग तुम्हारा "।

फोन कॉल

कमला जी को फोन कॉल आती है।

हैलो मैम मैं पुष्पा कंपनी से बोल रहा हूं। आपने एक लाख रुपये का वाउचर जीता है। बधाई आपको।

कमला जी बोली थैंक्यू, इसके लिए मुझे क्या करना होगा?

जी मैम। पहले आपको अपना नाम पता बताना होगा।

फिर। आपको एक नंबर आएगा। उसमें आपको हजार रुपए ट्रांसफर करने होंगे।

फिर ओके का बटन दबाना होगा।

" बस मैम। फिर आपको एक लाख रुपये का वाउचर मिल जाएगा। आप जो चाहे शॉपिंग करिए। आप हमारे लकी कस्टमर में से एक हैं "।

कमला जी बोली ।फिर मेरे अकाउंट से लाखों रुपए साफ। तुम लापता। और हम ठगी सी रह जाएंगी क्यों ?

उस्तादों से उस्तादी करते हो।

अब मेरी सुनो।

" बेरोजगारी ने। तुम नौजवानों को क्या से क्या बना "।

यह ठगी का धंधा छोड़ो।

मैं तुम्हें नौकरी देती हूं पचास हजार रुपये महीना।

यह आप क्या कह रही हो मैम?

जो तुम सुन रहे हो।

राहुल बोला। इसके लिए मैम मुझे क्या करना होगा?

पहले अपना नाम पता बताना होगा। फिर दस रुपये अपने अकाउंट में से भेज कर। एक फोटो के साथ फॉर्म भरना होगा।

एक नंबर आएगा उसमें क्लिक करो और नौकरी तुम्हारी।

अभी करता हूं कमला मैम।

जैसे ही। फोन वाले राहुल ने कमला के नंबर पर क्लिक किया उसका अकाउंट साफ हो गया!

राहुल दंग रह गया।

कमला मैम अब कभी ठगी नहीं करूंगा! प्लीज मेरे पैसे वापस कर दो।

"सामने से आवाज आई यह नंबर मौजूद नहीं है।कृपया नंबर की जांच करें"।

कमला जी ने एक ठग को सबक सिखा कर। पैसा अनाथ आश्रम में दे दिये।

"उस्तादों से उस्ताद जब मिलते हैं

तो दुनिया घूम जाती है

हकीकत से रूबरू कराती है जिंदगी

कभी हसाती है कभी रुलाती है।"

प्यार का इज़हार

"हर जगह बत्तीसी ना फाड़ा करो निम्मो जी। अच्छा नहीं लगता पगली"।

क्यों ना फाड़े हम बत्तीसी ?

पप्पू जी। हमारा मुंह हमारे बत्तीस दांत जो हरदम चमचमाते हैं। तुम्हारी तरह नहीं सारे नकली।

पांच दांत छोड़, सारे असली हैं !

निम्मो जी।

और सुन लो। पगली नहीं है हम पप्पू जी। हमारे बाप बनने की कोशिश भी, मत करना!पगले।

तभी सासू मां कह रही थी !

तुम्हें निम्मो। हमारी बिटिया मुंहफट है दामाद जी !

पर दिल की अच्छी है सच्ची है।

हम उनकी बातों में आ गए। निम्मो जी।

अच्छा पप्पू जी ! तुम ही कहो कोई ऐरो गेरो आकर तुम्हें रोके टोके। तो कैसा लगेगा तुम्हें ?

ऐरो गैरो किसे कहा तुमने ? निम्मो जी।

अब यह भी हमारे मुंह से सुनना चाहते हो पप्पू जी?

शादी से पहले । हमारे बाबूजी कहा करते थे । निम्मो कुछ सलीका सीख लो !
हम भी फट से कह देते । आप ही सिखा दो ना । बाबू जी हमें सलीका ।

निम्मो की अम्मा । कुछ तो समझाओ अपनी बिटिया को ।

शादी के बाद । यह मुंहफट अंदाज नहीं चलेगा ।

हम क्या कहें निम्मो को निम्मों के बाबूजी ।

अपनी दादी पर गई है निम्मों।

सच कहती हैं ।तुम्हारी अम्मा निम्मो जी पप्पू जी बोले।

सुनो ! पप्पू जी ।अगर बेवजह किसी स्त्री को कुछ कहा तो ।

तो क्या निम्मो जी?

बत्तीसी गिनवा देंगे तुम्हारी ।

पप्पू जी । कुछ तो समझदार बनो । टोका टाकी नहीं प्यार का इजहार करो पप्पू जी ।

जहाँ होता है स्त्री का सम्मान

हर घर की बढ़ती है शान।

"प्यार का इजहार लाती है खुशियां

मन को महकाती है खुशियां

इसी में जीवन का है सच्चा सुख

इसी में है जीवन का सार। "

एक चिट्ठी मां के नाम।

प्रिय माँ

आज बहुत कुछ कहने का मन है तुमसे।पर तुम मेरे पास नहीं हो। प्रिय कहा तुम्हें। क्योंकि पापा तुम्हें इसी नाम से बुलाते

हैं। और मैं भी वही दोहराती हुई बड़ी हो गई। जब मैं तुतलाती जवान में प्रिय कहती तुम्हें। तो तुम हजार बलाएं लेती मेरी।

और मुस्कुराते हुए अपनी आंखें नम कर लेती।

मैं तुम्हारी और पापा की इकलौती संतान हूं।

मेरे सिवा तुमने कभी कुछ देखा ही नहीं।

कई साल बीत गए।

आईने में भी तुम्हारी सूरत बदल गई।

पर तुम्हें मेरे अलावा कुछ सुझा ही नहीं।

मैं बड़ी हुई दोस्तों के संग खो गई अपनी मस्ती में। पढ़ाई में। घूमने फिरने में। फिर जवान हुई कैरियर में व्यस्त हो गई।

तुम्हारी अनकही हजार बातों को, सुनकर भी ना सुन सकी मम्मों।

जब छोटी थी तो पापा डांटते थे प्रिय नहीं मम्मी कहो।

"पर मैं भी जिद्दी। मम्मी नहीं मम्मों ही कहूंगी "।

तुम मेरी प्रिय से मम्मों हो गई। और मैं तुम्हारे आंगन से विदा हो गई।

सुन ना सकी ! तुम्हारी सिसकियों को मम्मों।

आज जब खुद मां हो गई हूं।

नन्ही परी गोद में आई, तो पूरा बचपन याद आ गया मम्मों।

आज तुम्हारी गोद, तुम्हारा आंचल, तुम्हारा पल्लू, याद आ रहा है मेरी प्रिय।

आ जाओ मेरे पास।

तुम्हारी

छवि।

राजेश चिट्ठी पड़ रहा था।और प्रिय रोती हुई सामान पैक कर रही थी।

राजेश तुम्हारी आदत सुधरेगी नहीं देर करने की।

नाना बन गए हो तुम।

"खुशियों की सौगात मेरे

घर आई

आंगन में मेरे

नन्ही कली

मुस्कुराई।"

मुस्कुराती जिंदगी दोस्तों के साथ

"कब कहां मनचाही मंजिल मिली है किसी को "।

"कुछ तो कसक रह जाती है जिंदगी में रेखा "।

तुम भी ना सरला यही फिलॉसफी कहती रहना।

दुनिया देख कहां चांद पर है।

एक तुम हो कि तारे गिन रही हो।

तो आप ही कहो मोहतरमा फिर क्या करें हम रेखा जी।

तो सुनो सरला ।जो तुम्हारा हुनर है अचार बड़ी मसालों का।

इसे बाहर लाते हैं।

वैसे भी ऐसा कुछ खास काम तो नहीं है हम दोनों को।

और हमारे पतिदेव भी रिटायरमेंट के करीब हैं।

बच्चे भी सेटल हो गए हैं।

तो क्या कहती हो सरला जी।

रेखा बोली। जो हुकुम मेरे आका।

तो ठीक है। तय रहा, कल से ही सभी शुरुआत करते हैं।

"ठीक है रेखा। सरला जी बोली। कल मिलते हैं। अपनी किटी सहेलियों के साथ आम के आम गुठलियों के दाम "।

" आसमा अनंत है

उड़ान भरो तुम

मंजिलें मिलेंगी तुम्हें

बाहें पसारे। "

मुस्कुरा रही है जिंदगी

दोस्तों के साथ

जीवन की संध्या

अपनों के साथ।

फ़रमान बीवी का।

" सुनो जी !अपने चपरासी को भेज देना, कुछ बाहर के काम है, मैं ना जा सकूंगी "!

बबलू जी बोले। नेहा तुम तो जानती हो मुझे ,घर के कामों के लिए। चपरासी को नहीं भेजूंगा।

किसी और को घर के, कामों के लिए क्यों नहीं रख लेती?

मुझे ना समझाओ बबलू जी !

ना माने तो दीदी और जीजाजी के घर चली जाऊंगी। फिर ना कहना बबलू जी।

अरी ! पगली मजाक भी नहीं समझती, भेजता हूं चपरासी को । और तुम कहो तो मैं खुद हाजिर हो जाता हूं,तुम्हारे चरणों की सौगंध नेहा ।

अब मक्खन पॉलिश ना करो । बबलू जी । ठीक है ।आ जाओ दोनों ।

अपने पुलिस जीजाजी ।और अफसर दीदी के बहाने, क्या क्या नहीं कराती नेहा हमसे !क्या नेहा की मां कम थी ? जो अब दीदी और जीजाजी भी ... ।

"रंग है जिंदगी के कि संभलते नहीं

दुनिया है कि अफ़साने लिए बैठी है "

शिव।

दादू शिव कौन है?

और मेरा नाम भी तो शिवा रखा है तुमने दादू।

शिव ! नीलकंठ भोले बाबा है मेरे।

कहां रहते हैं तुम्हारे शिव दादू?

मेरे शिव तो कैलाशपति हैं शिवा।

लोभ लालच से दूर शून्य से अनंत तक सब जगह है मेरे भोले।

हिमगिरी में वास करते हैं मेरे शिव।

सारे जगत से सत्य है शिव।

इतने सब हैं तुम्हारे शिव दादू।

" पर मुझ में तो ऐसा कुछ नहीं !फिर मैं शिवा कैसे दादू "?

भोले हो तुम शिवा !

और जो भोला है ! वो भोले को प्यारा है।

जो राग द्वेष लोभ माया से परे। हैं वही तो योगेश्वर शिव हैं रे ! शिवा!

उन जैसा बनें। यही चाहा है मेरी शिवा।

जब दुनिया की मोह, माया फंसाएगी तुझे। तो ! खरे सोने सा निखर आना तुम। शिवा।

अपने नाम को सार्थक करना।

ये क्या ! बाबूजी ! अभी तो शिवा पाँच साल का है।अभी तो दुनिया देखनी शुरू की है, शिवा ने।तभी तो सींच रहा हूं अपने शिवा को संस्कारों से राकेश।

ऐसे ही तो नहीं कहता मैं।

अपने शिवा को, शिवा।

हर बच्चे को बचपन से ही संस्कारों से सींचना चाहिए।

तभी तो एक सभ्य समाज का विकास होगा !

"तुम आजकल के नौजवान।

कहां किसी की सुनते हो "। धैर्य नाम की तो कोई चीज ही नहीं तुम्हें।

मैं अपने शिवा का मन निर्मल रखूंगा। जहां सभी का सम्मान होगा। सब बराबर होंगे। बड़ा छोटा रंगरूप। धर्म जाति से परे मेरा शिवा शिव सा होगा।

दादू दादू कहते बाबूजी के पीछे पीछे चल दिया शिवा शिव होने।

"जन्म मरण से परे जिनका नाता

वही मेरा भोला कहलाता "

छतरी ।

क्यों? बरख़ुरदार ! कहां चल दिए?छतरी लेकर !

इतना सुहाना मौसम !और तुम्हारी टोका टाकी ,ना काबिले बर्दाश्त है बाबूजी!

क्यों? बबलू जी यह सवारी सुबह-सुबह कहां चल दी?

अब ठीक है ना बरखुरदार !

ना ! कतई ना ! बाबूजी।

जरा छतरी सरकाओ हमारी और बबलू।

क्यों? बाबूजी !

सरकाओ तो, तभी पता चलेगा बाबू सोना को !

लो छतरी कर लो मजे बाबूजी ।

मजा तो किसी और को आने वाला है ।

किसे बाबूजी?

जरा पीछे तो घूमो बबलू जी ।

इसमें क्या लो घूम गए ।

बाबू जी ने बबलू के पीछे दो धर दी छतरी से । "यह क्या बाबूजी?बबलू बोला।

अपनी जवानी में तो अम्मा को खूब घुमाऐ हो । छतरी में " ।

और हम पर यह अत्याचार क्यों?

अरे ! अत्याचार नहीं रे बबलू ,

बचा रहे हैं तुम्हें नर्क भोगने से ।

तुम्हारी अम्मा जो अत्याचार हम पर करती है देखते नहीं हो क्या बे !

"तुम तो हो ही इस काबिल बाबूजी ! कहां अम्मा कहां तुम "।

क्या बका बे !

अपनी इकलौती औलाद को ' बे ' बोलते हो और छतरी छिनाते हो !और क्या कहे, तुम्हारी तारीफ में बाबूजी ! एक नंबर के छिछोरे हो तुम । और हमें टोकते हो !

"क्या कहा बबलू अपने बाबूजी के बारे में? ये अधिकार, हमारे सिवा किसी का नहीं है। बबलू की अम्मा बोली "।

आंसू आ गए तुम्हारा प्यार देखकर निमो ।

आंसू तो अब आएंगे पप्पू जी ।

जब हम आप से ढेर सारा प्याज कटवाएंगे निम्मो बोली।

जब तक अम्मा बाबूजी लड़ रहे हैं। हम पिंकी के साथ घूम आते हैं छतरी में ।

" पिंकी बोली सोचना भी नहीं बबलू ! आज हमारे बाबूजी मूड बनाए हैं तुम्हारी सुताई करने का ।

फिर ना कहना पिंकी ने बताया नहीं " ।

चलो चलते हैं पिंकी बोली।

" ना भीगे हम

ना भीगे तुम बबलू

ये सुहाना मौसम

यूं ही बीत गया "

गोदावरी मौसी।

कैसी हो मौसी ?

ठीक हूं सुषमा बेटी।

कुछ औपचारिक बातें फोन पर हम दोनों के बीच हो रही थी ,

तुमसे मिलना चाहती हूं। गोदावरी मौसी बोली।

तो आ जाओ। मैं बोल पड़ी।

क्या मेरा इंतजार कर रही थी बिटिया।

हां मौसी बहुत दिनों से मुलाकात नहीं हुई आपसे।

चलो आती हूं। मौसी बोली।

पाँच फुट छः इंच गोरी सुंदर घुंघराले बाल, उम्र के साठवें पड़ाव पर थी, गोदावरी मौसी, उनका मुस्कुराता चेहरा, सदा मेरे मन को छू जाता।

घंटी बजी और गोदावरी मौसी आ गई।

गोदावरी मौसी के पति, अंकल जी सरकारी अफसर रिटायर हुए थे अभी कुछ वक्त पहले, रोविले व्यक्तित्व तेज स्वभाव के इंसान है।

दो बेटी एक बेटा तीनों का विवाह हो चुका है।

बेटे की अभी नई नई शादी थी। गोदावरी मौसी के जीवन में कई नए परिवर्तन आने लगे थे!

जो स्वभाविक थे, जिनसे वह असहज महसूस करती।

घंटी बजी मैंने दरवाजा खोला, मौसी आज कैसे यहां का रास्ता भूल गई ?

मौसी बोली! बस तू ही बची थी। क्यों? क्या हो गया मौसी !

अरे! कुछ नहीं सुषमा बिटिया, अपनी भीगी पलकों को पोछतें हुए बोली।

वैसे तो उनकी आंखें कई बार नम हो जाती थी, अंकल जी की डांट से।

पर! आज कुछ अलग ही बात थी। जैसे मन ही मन कुछ घुट रही हों।

क्या हो गया मेरी भोली।

मैं उन्हें प्यार से भोली ही बोला करती थी। कुछ कहोगी या अदरक वाली चाय बना कर लाऊं।

जा पहले चाय बना ला मौसी बोली।

मैं चाय लेकर आई! और वो, एक ही घूंट में गरमा गरम चाय पी गई, मैं उन्हें देखती रही।

कुछ कहोगी भी अब?

"पहले तो तुम, बिन कहे ही मेरे मन का समझ जाती थी, अब क्या हो गया सुषमा बेटी " ?

अरे ! आप जैसे आई थी तो मैं समझ गई थी आज अंकल जी की डांट का नहीं बेटे बहू का मामला है।

कल की आई लड़की मुझे सिखाएगी ? घर गृहस्ती कैसे चलाते हैं।और बेटा तो दो दिन में ही बहू का गुलाम हो गया है।

अच्छा मौसी बताओ तो ! आपकी शादी को कितने साल हो गए हैं।

चालीस साल क्यों पूछ रही है?अब तू भी मेरा मजाक बना ले। एक तू ही तो है जिसके पास आकर मुझे चैन आता है !और आज तू भी?

अरे नहीं मेरी प्यारी भोली।

चालीस साल पहले, याद करो अपनी शादी के शुरुआती दिन।

तुम्हारी सास क्या कहती थी। अंकल जी को, जोरू का गुलाम तुमने ही मुझे बताया था।

तुम भी ना किस ओर ले गई बातों को सुषमा बिटिया।

समझो मेरी भोली।

यही सच है। जहां पर कल तुम खड़ी थी। आज वही तुम्हारी बहू खड़ी है।

कितनी सहजता से। तूने मेरा मन, हल्का कर दिया सुषमा बिटिया।

तभी। तो, कहते हैं ! जादू है तेरे पास, मेरे सभी दुखों को सुख में बदलने का।आशीर्वाद बिटिया तुझे।

"आईना वही सूरत बदल जाती है

उम्र के सावन में पतझड़ की बहार आती है

सहजता से स्वीकारो इसे

ये

जिंदगी का फलसफा समझाती हैं। "

चारपाई।

रात दिन चारपाई में बैठे खो-खो खांसते रहते हो । ये ना कुछ काम कर लो, घुमाआओ। अपने साथी बुड्ढों के साथ । नदी पोखर,दुकान तक । पर ना । ये ना होगा तुम से शर्मा जी।

"घर में बहू बेटी हैं ! कितने काम होते हैं उन्हें ।आंगन में, तुम्हें चारपाई में देख झेंप जाती हैं " ।

पर! तुम पर इसका कोई असर नहीं होता।

हे !राम जी ! चारपाई को कब आराम मिलेगा?

क्यों सुबह-सुबह पीछे पड़ जाती हो मेरे विमला जी ।

कहां जाएं । साथ के बुड्ढे तो सभी चल बसे । हम अकेले रह गए हैं यहां । जवान लोग हमारी सुनते नहीं ,अकेले अकेले कहां फिरते रहे । तुम ही कहो ?

बहाने बनाना तो, कोई तुमसे सीखे । बहुत से बुड्ढे अभी बचे हैं तुम्हारे साथ के ।

पर तुम्हें तो जनानीयों के साथ बैठना है, गप्पे सुनने ।

जैसे, ससुर जी । किया करते थे ,सासू मां ने बताया था हमसे सब ।

"पहले ससुर जी चारपाई तोड़ा करते थे ,अब ये ! हे! राम जी क्या होगा । इस चारपाई का " ।

शर्मा जी बोले ! विमला जी अब ज्यादा बको मत, जाते हैं बाहर घूमने । तुम बस खुश रहो।

तभी विमला जी की बहू

सरिता बोली, अम्मा जी। ससुर जी के स्वास्थ्य के लिए आप यह सब करती हो ना।

हाँ री ! बहुरिया चारपाई में बैठे-बैठे बीमार हो गए हैं, बाहर की खुली हवा में जाएंगे! तो अच्छा लगेगा इन्हें।

"बरसों बरस संभाले रखती है

यादों की धरोहर

हर घर की चारपाई

जन्म मरण तक साथ, निभाती

कहानी किस्से सुनाती

हर घर आंगन की शान बढ़ाती

चारपाई। "

सास और दामाद ।

अरे !भाई फुरसतिया आज इधर कैसे?

नमक छिड़कने की आदत गई नहीं तुम्हारी बबलू?

अरे ! गिरधारी भैया क्यों बुरा मान गए!

मजाक कर रहे हैं तुमसे।

मजाक क्यों? क्या हम तुम्हारे साले हो रहे हैं।

" अरे ! गिरधारी भैया क्यों तपे बैठे हो।"

आओ बैठो चाय पिलाते हैं तुम्हें, पियोगे चाय ।

चलो बना लो बबलू।

जी गिरधारी भैया अभी लाए।

क्या भाभी नहीं है घर में?

दो चार रोज के लिए मायके गई है गिरधारी भैया।

तभी खिल खिला रहे हो बबलू

मेरी छोड़ो अपनी कहो क्यों तपे बैठे हो।

अरे!बबलू वही पुरानी बात ।

अपनी सास से परेशान हूं।

तीन महीने से टिकी हुई है घर में । नाक में दम कर रखा है।

रोज-रोज खिच-खिच लगाई रहती है। क्या दामाद जी, बेटी की कोई मदद क्यों नहीं करते ,

" नौकरानी बना रखा है मेरी बेटी को ।हे ! राम ! जी यह कैसा दामाद दे दिया मुझे। ये नमूना रह गया था हमारी गाय सी बिटिया के लिए "। ये ना होता दामाद जी से ,चलो आटा गूंथ ले। सब्जी बनवाले। छोटे-मोटे कामों में मदद करवा दें, पत्नी को कहीं घुमा ले आए।पर नही जी, फूटी किस्मत बिटिया की।

यह ना कहो सासूजी।

"हमारी मजाल। जो वीना जी कहें और हम ना माने " ,हम अपनी पत्नी का पूरा ध्यान रखते हैं और सारा हुकम भी मानते हैं सासु मां !बस इतनी सी बात का बवाल मचा दिया ,

आज रात तुम्हारे यहां काट लेते हैं! कल अम्मा के पास गांव चले जाएंगे ,जब तक सासु मां घर नहीं चली जाती।

क्यों नहीं गिरधारी भैया आपका ही घर है ,गांव क्यों जाते हो! जब तक मन है टिके रहो हमारे घर में ,जब हमारी सासू मां आएगी तो हम भी आपके घर टिकने आ जाएंगे।

दबी जबान में हंसने लगे दोनों।

"मुस्कुराती है जिंदगी

हर लम्हा

कभी गिले-शिकवे

तो

कभी फुर्सत के संग। "

म्वारी (मधुमक्खी)

बीती रात बारिश बहुत हुई थी।

बारिश की वजह से जगह-जगह पानी भर गया था।

ठंडी हवाओं में नमी बनी हुई थी।

मां ! म्वारी म्वारी कहती हुई घर से बाहर आई और ठहर गई ,

घर के बाहर बारिश का बहुत सारा पानी इकट्ठा हो गया था।

मां को म्वारी की चिंता सताने लगी थी, मां मन ही मन बुदबुदा रही थी।

ये लड़की सारा दिन खेलती रहती है। दोस्तों के संग। कुछ होश नहीं रहती इसे अपनी। क्या होगा इसका?

सुन रहे हो! म्वारी के बाबूजी

म्वारी की मां क्यों पीछे पड़ गई मेरी बेटी के।

म्वारी अपने बाबु जी के पीछे

छिपकर अपनी मां की बातें सुन रही थी।

बेटी जवान हो गई है तुम्हारी।

कुछ चिंता फिक्र है कि नहीं ?

कुछ समझाते क्यों नहीं म्वारी को।

यह काम तुम्हारा है। कहते हुए बाबूजी हुक्का पीने लगे।

तुमसे तो कुछ कहना बेकार है।

म्वारी का हाथ पकड़ मां अपने साथ ले गई घास काटने।

मां बेटी एक पेड़ की छांव में बैठ गए।

मां ने रोटी गुड और पानी निकाला, म्वारी को देती हुई बोली, अपना ख्याल रखा कर म्वारी! सारा दिन बस खेल ही खेल, ना पढ़ाई ना लिखाई

क्या होगा रे तेरा म्वारी?

मां तुम भी ना! म्वारी नाम रख कर पूछती हो क्या होगा तेरा?

ब्याह होगा मेरा, फिर म्वारी की तरह छत्ता बनाऊंगी।

फिर बच्चे होंगे उनकी देखभाल करूंगी।

बाकी का जीवन तुम्हारी तरह काट लूंगी मां।

ना रे म्वारी। तु तो देश दुनिया देखेगी। बसंत में खिले फूलों की तरह तू भी खिल जाएगी।

दुनिया का रंग ढंग सीखेगी।

यह दुनिया बड़ी मतलबी है।

मोलभाव करेगी। झूठी मोह माया में फंसाएगी।

तुम अपने पंख फैला कर। अपने छत्ते से बाहर की दुनिया देखना मेरी म्वारी।

होती दुनिया तक राज रहता है

म्वारी का।

" बसंती फूलों की खुशबू से

महकेगी खुशियां तेरी

भनभनाहट गीतों की

सुनेगी दुनिया तेरी

पंख फैलाकर

उड़ जाना दूर देश तक तुम

मेरी म्वारी "।

पिंकी ।

अरी! सुनती हो सुमन,

कब तक किताबों का बोझ ढूलवाएगी बिटिया से । घरगृहस्थी भी सिखाएगी या नही। इक्कीसवा साल शुरू होने वाला है बिटिया को ।ताई जी जो हमारी बिरादरी की ठेकेदार है । अम्मा को खरी-खोटी सुना रही थी ।" क्या कलेक्टर बनाएगी बिटिया को।"

बाबू जी ने यह सब सुन लिया ।

उदास हो गए ताई जी की बातों से।

क्या हुआ मनु? इतना परेशान क्यों दिख रहा है ।दादी बोली बाबूजी से।

क्या कहूं अम्मा । तुमसे कुछ छुपा थोड़ी है ।

इक्कीसवा साल लग जाएगा अब बिटिया को।

तो क्या हो गया ?दादी बोली।

"पिंकी का ब्याह कर लूं ,अम्मा तो गंगा नहा लूं " ।

अभी तो उसके खेलने पढ़ाई लिखाई के दिन है । यह क्या सोचने लगा मनु तुम।

अरी! अम्मा भाभी जी कह रही थी सुमन से । अगर लड़की के हाथ समय से पीले नहीं किए तो । अच्छा रिश्ता हाथ से निकल जाता है । और कुछ ऊंच-नीच हो गई तो क्या ?

तुम भी ना! मनु, किसकी बात को दिल में लगा बैठा ,

वीना की ! उसका पति तो शराबी जुआरी और बेटा एक नंबर का निकम्मा है।

रही मेरी पिंकी ,जब तक पढ़ लिखकर अपने पैरों में खड़ी नहीं हो जाती । मैं उसका विवाह नहीं होने दूंगी।

जब तक पिंकी खुद नहीं कहेगी, ये कान खोल कर सुन लो मनु तुम।

और रही ऊंच-नीच की बात तो मैं अपनी पिंकी को बखूबी जानती हूं।

मेरी नातिन अपने पिता का सर । गर्व से ऊंचा करेगी ।

यह बात एकदम पक्की है मनु ,

"आसमां में जाकर

तिरंगा IN लहराएगी

सर हम सबका फक्र से

ऊंचा कर जाएगी।"

दोस्ती।

आज जले परांठे लाए हो मुन्नू?

यार आंटी तो कुकिंग की मास्टर है बबलू बोला।

गनीमत समझ ये भी मिल गया।

अरे ऐसा क्या हो गया मुन्नू?

अरे यार! दादी को लेकर आ रहे हैं पापा, दादा जी नहीं आ रहे हैं। मम्मी के सपोर्टर है दादा जी।

और दादी एंटी ग्रुप।

तभी से घर में जला खाना बन रहा है बबलू।

कब जाएगी यार तेरी दादी मुन्नू ?

अभी तो आई ही नहीं है बबलू।

कब तक आखिर कब तक जले पराठे खाएंगे मुन्नू?

अब चुप भी कर बबलू , राम जाने क्या होगा !

मम्मी वर्सेस दादी।

यार दादी को पता नहीं क्या हो जाता है। मम्मी की हर चीज में मीन मेख निकालती है।

और पापा तो लल्लू है बेचारे।

एक तरफ मम्मी ,दूसरी तरफ दादी, एक तरफ कुआं एक तरफ खाई!

यार!मुन्नू तेरे पापा के बारे में सोच कर मन भर जाता है। "बेचारे तेरे पापा को कब अच्छा खाना नसीब होगा।"

कुछ ज्यादा नहीं हो रहा है बबलू तेरा !

तुझे याद है बबलू ,जब तेरी दादी आई थी तो तू हमारे घर खाना खाने आता था,

यार दोस्ती निभाने की अब तेरी बारी है।

कुछ करता हूं यार।

अब तो इस पेट के तारणहार हो तुम मेरे दोस्त तुम्हें दोस्ती की कसम ।

ठीक है! मुन्नू आ जाना मेरे यार खाना खाने हमारे घर जब तक तेरी दादी जाती नहीं।

हंसने लगे दोनों दोस्त मुन्नू और बबलू।

"हंसते मुस्कुराते हैं हर दिन रात दोस्तों के साथ " ।

छोटू ।

बैटरी खराब है ! बदलनी पड़ेगी छोटू बोला ।

रमेश ने कहा, गुंजाइश नहीं चार्ज करने की।

नहीं अंकल जी!होती तो क्या कहता?

अंकल किसे कहा?

दिखता नहीं?

दिखते तो तीस से ऊपर हो आप । क्या फर्क पड़ता है जी।

बहुत लंबी जुबान है तेरी छोटू !

अगर चुप रहो तो क्या गूंगा है? सुनाई नहीं पड़ता । बोलो तो लंबी जुबान! छोटू बोल पड़ा।

तभी गैराज का मालिक बोला । राजा बाबू अपना काम करो। जी साहब छोटू बोला।

रमेश, क्या कहा आपने राजा बाबू?

हां साहब ,राजा बाबू ही कहते थे इसके पिता छोटू को ।हमारे ही गैराज में काम करते थे । छोटू के पिता ।अपने पिताजी के कंधों में बैठकर आता था । उनके साथ ,सभी लोग कहते थे राजा बाबू की सवारी आ गई।

एक दिन गाड़ी के नीचे आकर । छोटू के पिता की मृत्यु हो गई ।

बहुत छोटा था साहब छोटू।

हम सब ने मदद करके छोटू की मां और छोटू के लिए चाय की दुकान खुलवा दी । चाय लेकर आता था हमारी दुकान में छोटू।

मैकेनिक का बेटा है साहब । देख भर लेने से ही बहुत कुछ सीख गया था । तभी से मैंने इसे अपने साथ रख लिया ।

छोटू की चमकीली आंखों में दुनिया भर के ख्वाब पलते हैं साहब । जैसे वो एक दिन आसमा की सारे तारे तोड़ लाएगा।

रमेश की आंखें नम हो गई ,

छोटू को गोद में उठा लिया ,

तुम तो सच के राजा बाबू हो ।

और मैं तेरा अंकल जी।

अपनी चमकीली आंखों से मुस्कुरा गया छोटू।

"हकीकत से रूबरू कराती

हंसती रुलाती सौ रंग दिखाती

धूप छांव मे

ख्वाबों सी जगमगाती है जिंदगी "।

जैसे को तैसा ।

अरी!भाग्यवान क्यों पीछे पड़ी रहती हो, बबलू के ! अम्मा ने तो तुम्हारी मदद के लिए भेजा है, बबलू को ! क्यों बबलू ?

पुष्पा जी बोली ,मेरी मदद ! फूटी किस्मत मेरी । मदद वदत के लिए नहीं । मुझ पर नजर रखने के लिए भेजा है इस कलमुँहे को तुम्हारी अम्मा ने।

खबरदार!जो अम्मा पर इल्जाम लगाया तो।

तो क्या कर लोगे?

बबलू बीच में बोला।

अरे!आप लोग मेरी वजह से मत लड़ो। नहीं तो अम्मा जी बुरा मान जाएगी।

अच्छा तो फोन कर यह भी कह देना अपनी अम्मा जी से। पुष्पा जी बबलू से बोली।

और क्या सबूत दूं मैं आपको?

जब से आया है मेरा काम चार गुना बढ़ गया है। हर काम के लिए पूछता है। इसे कैसे करूं? आप करके बता दो ,वरना अम्मा जी बुरा मान जाएगी। "आप कहो तो मैं बैगन का रायता पुदीने की रोटी बाजरे की चटनी बना दूं?"

सब उल्टा पुल्टा कहता है।

मैं तो पागल हो जाऊंगी इसके साथ।

हे माता रानी ! मेरी मदद करो कहती हुई पुष्पा जी रोने लगी।

बबलू बोला रोइए नहीं मैडम जी। नहीं तो अम्मा जी बुरा मान जाएंगी।

रमेश हंस दिया दोनों की बातों पर।

अम्मा को फोन पर सब बातें कह दी।

अम्मा जी बोली। पुष्पा की मां ने मेरी मदद को बबलू को भेजा था। बबलू ने मेरा भी यही हाल बना रखा था।

मैंने पुष्पा की मां को सबक सिखाने के लिए, इसे पुष्पा के पास भेज दिया।

जैसे को तैसा।

"आईने को आईना दिखाती है दुनिया

रंगो के रंग में रंग जाती है दुनिया

अजब गजब रीत है इस दुनिया की

जैसे को तैसा सबक सिखाती है दुनिया"।

बिट्टू ।

अम्मा मन ही मन बुदबुदाये जा रही थी।

तुम्हारे बाबू जी अभी से सठिया गए हैं ।

जवान बिटिया को ट्रेनिंग के लिए घर से इतनी दूर कौन भेजता है भला।

बस इतना सा विश्वास है अपनी बिट्टू पर ,अम्मा ।

तुम्हारे मन का सब पढ़ लेते हैं हम।

आज के जमाने में ऐसी बात तो तुम ही कर सकती हो अम्मा ।

"बस एकम एक हो इस दुनिया में तुम " ।

हरदम मस् .करी ना किया कर बिट्टू। तुम पर तो जान से ज्यादा विश्वास करते हैं हम,

पर बिटिया!सुना है । हॉस्टल में लड़कियां परेशान करती हैं ।

शहर भी तो इतनी दूर है यहां से । ना जान ना पहचान।

अरी प्यारी अम्मा ! कल को हमारी शादी भी तो करोगी ना दूसरे शहर में।

उसमें तो बहुत वक्त है बिटिया अभी।

तभी तो होशियार बना रहे हैं बाबूजी अभी से हमें।

और जब तुम्हारी बिटिया डॉक्टर बनकर आएगी ना अम्मा । तब सबसे ज्यादा खुश तुम ही होने वाली हो।

"और रहे बाबूजी ! तो हमारी बदले की डांट फटकार भी तो सुनेंगे तुमसे।"

अब क्या रुलाएगी पगली।

और जो चार छह रोज से रो रही हो। वो क्या है अम्मा? और जो हमें कमजोर बना रही हो वह क्या?

" तेरे जाने से हम अकेले हो जाएंगे बिट्टू।"

क्या अम्मा ? मोबाइल नाम की भी कोई चीज है कि नहीं।

यह मोबाइल मुवा, बीच में आ जाता है ना! नहीं तो हम मना ही लेते बिटिया तुमको।

हमसे अच्छा तो यह मोबाइल है। बिट्टू की अम्मा। बाबू जी बोले।

हंस दिये तीनों नम आंखों से।

"हवाओं का रुख न जाने किधर है

धुंध में मंजिल नजर आ रही है

घरौंदे से तेरे सफर अम्मा

अजनबी खुशियों में ले जा रहा है। "

पंडित जी पान वाले ।

सुनिए शर्मा जी ,
एक पान तो खाते जाइए।

क्यों क्या बात है?

आज सुबह-सुबह पान खिला रहे हो पंडित जी पान वाले।

बस यूं ही! आपसे कुछ बात करनी थी।

अभी नहीं पंडित जी । दफ्तर के लिए देर हो रही है।

बात जरूरी है इसलिए कह रहे हैं! और पान भी मुफ्त में खिला रहा हूं।

चलो तो ठीक है!कहो पान खाते-खाते शर्मा जी अपनी घड़ी देख रहे थे।

क्या कहूं शर्मा जी। आपका जो लड़का है ना, बीड़ी फुकने लगा है आजकल । कल तो सिगरेट मांग रहा था। मैंने मना किया तो मेरी बेटी को छेड़ने लगा ।कह देना अपने बाप से। एक उसी की दुकान नहीं है। और घर में बोला तो तेरे बाप की खैर नहीं।

यह क्या कह रहे हो पंडित जी! माना मेरा शिवम थोड़ा शरारती है पर .... ।

सच कह रहे हैं हम। पूछिएगा शिवम से घर जाकर।

अच्छा चलते हैं। शाम को आएंगे शिवम के साथ।

जी जरूर आइएगा पंडित जी बोले ।

शिवम कहां है शिवम की मां !

नाक में दम कर रखा है इस लड़के ने । अब क्या कर दिया मेरे लाडले ने ? तुम्हारी लाडले की करतूत ने शर्मिंदा कर के रखा है मुझे।

हे राम जी! लड़का अपने बाप में चला गया । पहले तो मैं इनकी आदतों से परेशान थी। अब बेटा भी बाप की राहों में। काश मेरे जैसा होता।

तभी शर्मा जी, बीच में बोल पड़े, तुम्हारे जैसा नौटंकीबाज।

क्या कहा तुमने!रुको जरा।

क्या कर लोगी! इस बार अम्मा को मैं बुलाता हूं।वही ठीक करेंगी तुम मां बेटे को।

अरे क्या तुम भी ना!बात शिवम की थी और अम्मा तक चली गई।

कहां है यह नालायक।अभी ठीक करती हूं इसे। शिवम!

क्या है मम्मी। क्यों चिल्ला रही हो ?

क्या गुल खिला आये हो तुम ?

तुम्हारे पापा पूछ रहे हैं।

अरे क्या मम्मी तुम भी ना।

वह पंडित है ना ! पान वाला। उसकी लगाई आग है यह।और कुछ नहीं।

क्यों जी लड़का सही कह रहा है तुम्हारा।

आजकल बड़ा आना जाना लगा रखा है तुमने वहां।

शिवम मम्मी पापा को लड़ा कर भाग गया।अपने दोस्तों के साथ पान वाले की दुकान में।

कहीं जा तो नहीं रहे थे हम। शिवम पांच सौ का नोट देते हुए पंडित जी से बोला।

कहो! क्यों भड़का दिया हमारे भोले पापा को। मक्खी मारते फिरोगे अपनी दुकान में। अगर हमारे दोस्तों का टोला तुम्हारी दुकान में ना आया तो।

पंडित जी बोले ! अरे बेटा बहुत उधार हो गया था तुम्हारा। और तुम्हारे दोस्तों का।

इसीलिए यह सब कहा।

नहीं तो क्या ? आते तुम, हाथ हमारे। दोस्तों के संग।

हंसने लगे सभी पंडित जी की दुकान में।

"यादों के संग

जीवन के रंग

पल-पल बदल जाते हैं

यह मौसम

कभी ना लौटने के संग।"

नसीब अपने अपने ।

बिट्टू जैसे ही, गाड़ी से उतरा, जिद करने लगा पापा से, मुझे रिमोट वाली गाड़ी चाहिए पापा !

दूसरी ओर बिट्टू कि हम उम्र मुन्नू। सात से आठ साल के लगभग उम्र रही होगी दोनों की ।

अपने से बड़ी कबाड़ की थैली उठाए ,सड़क के किनारों पर नजर गड़ाए घूम रहा था। शायद कोई बोतल या खाली डिब्बा मिल जाए।

दूसरी और बिट्टू ,रोए जा रहा था।गाड़ी की जिद में। पापा को हार मानकर हां करनी पड़ी ।

खुशी से चमक उठी बिट्टू की आंखें।

दूसरी ओर सड़क के किनारे पड़ा डब्बा और एक खाली बोतल मुन्नू को भी मिल गई। उसकी आंखों में भी खुशी की चमक आ गई।

दोनों के सपने अपने अपने पूरे हो गए

"सपने लाए हैं खुशियां

अंदाज़ अपने अपने

कहीं खड़ी है बेबसी

नसीब अपने-

अपने ।

गिरहें।

छलछलाती आंखों में दर्द छुपाना ,कोई रेखा से सीखे।

क्यों? आज कैसे याद आ गई रेखा ,की मेरे पति पूछ बैठे।

कई साल हो गए सुमन ,तुम्हें रेखा से मिले ,ना कोई फोन ना कोई मैसेज।

क्या रमेश तुम भी ना!एक साथ इतने सवाल।

ऐसे ही कुछ तो कहना पड़ेगा ना ,नहीं तो तुम शिकायत करोगी ,तुम मेरी बात पर ध्यान नहीं देते।

बस भी करो रमेश!

अच्छा बाबा कुछ नहीं कहूंगा तुम्हारी सहेली के बारे में । कहता हुआ रमेश दूसरे कमरे में चला गया।और मुझे रेखा कि यादों के साथ अकेला छोड़ कर।

हम लोग उस समय सरकारी आवास में रहते थे।एक दूसरे के अगल-बगल।

रेखा दिल्ली से और मैं लोकल थी यहां की । हम दोनों के बीच दोस्ती हो गई।

रेखा हमेशा चुप चुप रहती । मेरे लाख पूछने पर भी कुछ ना कहती ।अपनी बड़ी-बड़ी सुनहरी आंखों में न जाने क्या राज छुपाए रखी थी।

कुछ कहोगी तो मन हल्का हो जाएगा तुम्हारा।

ऐसे कैसे कह दूं तुमसे ? अभी परख तो लूं तुम्हें।

और हंस दिए हम एक दूसरे के साथ।

एक दोपहर रेखा मेरे पास आकर बैठ गई । सुमन कुछ कहना है तुमसे । मैं तो तैयार बैठी थी सुनने के लिए ।हां हां कहो रेखा क्या कहना चाहती हो ?

कहां से शुरू करूं अपनी दास्तान ।जहां से भी तुम चाहो रेखा।

गिरह है मन में। कभी खोल ना सकी। तुम्हें मिली तो लगा जैसे मां मिल गई हो ।छोटी थी कुछ पांच सात साल की रही होंगी। बीमारी से मां चल बसी।

पापा ने अकेले ही मुझे पाला ।परिवार और बिरादरी वालों के कहने पर भी दूसरी शादी नहीं की। मैं ही सब कुछ थी उनके लिए। जब मैं दसवीं क्लास में आई। तो संगीत सीखने को मन हुआ, पापा ने एक मास्टर जी रख लिए ।कोई बीस इक्कीस साल के रहे होंगे मास्टर जी।

कब उनसे मन बंध गया, पता ही नहीं चला।

पापा को सब इल्म हो गया था।

उसके बाद मैंने मास्टर जी को कभी नहीं देखा। मैं बावली सी गई थी। मेरे लिए समय वही रुक गया था।

पापा को मेरी बहुत चिंता हो रही थी। उन्होंने मुझसे कहा रेखा बिरादरी वालों को पता चल जाता, तो वह मास्टरजी की जान ले लेते। उनकी रक्षा के लिए, मैंने उन्हें। तुमसे दूर कर दिया, मुझे माफ करना बिटिया।

कुछ सालों बाद मेरी शादी वर्मा जी से हो गई ।और मैं उनके साथ यहां चली आई अधूरी सी। आज अपने मन की गिरहें तुम्हें सौंपती हूं। कहती हुई रेखा ने अपनी चुन्नी से अपनी गिरह खोल। मेरे पल्लू में बांधी और चली गई। मैं आवाक सी रह गई।

रमेश बोले आज चाय मिलेगी या खुद ही बनाऊं ?

आती हूं रमेश।

"यादों के मौसम के

मंजर सदियों से बांधी रखी थी गिरह मैं अपनी

अजनबी सी वो दास्तां

मन से मन की गिरहें

जोड़ गई।"

उत्तर का ध्रुव ।

रमा पहले बच्चे को संभाल,

फिर काम करना बहुत देर से रो रहा है।

जी दीदी।

दीदी ही कहती थी मुझे रमा छह माह का बेटा और अपनी मां के साथ हमारे ही घर में रहती थी।

पता नहीं कहां से आई थी, कोई बीस इक्कीस साल की उम्र रही होगी उसकी ,
कई बार पूछने पर भी कुछ नहीं कहा उसने ।

बस अपना काम पूरी मेहनत से करती ।

मां बीमार थी ।इसलिए बच्चे को साथ ही ले आती।

क्या सरोज ? तुमने ऐसे ही किसी को क्यों काम में रख लिया । मेरी सहेली मंजू बोली।

क्या करती काम मांगने आई थी ।साथ में छोटा बच्चा और मां भी थी ।जरूरतमंद थी। इसलिए रख लिया।

क्या सरोज तू भी ना !

अच्छा मुझे भी तो मिला रमा से देखूं तो उसे मंजू बोली।

रमा तुम्हें मिलने मेरी सहेली आई है ।दुखी औरतों की संस्था से जुड़ी है ।शायद तुम्हारी भी कोई मदद कर दे।

नहीं दीदी मुझे कोई मदद नहीं चाहिए। बस मेहनत का खाना कमाना चाहती हूं ।अपने बच्चे के लिए।

अपने बारे में कुछ बताओ मंजू ने थोड़ी सख्ताई से पूछा।

सर झुका रोने लगी रमा,क्या कहूं आपसे।

मंजू बोली सब कुछ सच-सच।

दूसरे शहर से आई हूं।

वहां एक कोठी में मेरी मां काम किया करती थी। वही के साहब का लड़का आया था विदेश से।

मुझसे कहता था। तुम्हें बहुत प्यार करता हूं।घर वाले नहीं मानेंगे।इसीलिए मुझे मंदिर में ले जाकर सिंदूर भर दी।और मंगलसूत्र पहना दिया।

दो महीने हम अलग घर में रहे कहता था। मां पापा को मना लूंगा। और मैं विश्वास कर बैठी। और कुछ दिनों से आया ही नहीं। तो मुझे चिंता होने लगी।

मां ने कहा विदेश वापस चला गया है। और मुझे बताया भी नहीं।तभी मेरी तबीयत खराब होने लगी।डॉक्टर ने कहा तुम मां बनने वाली हो।हम घबराकर रवि के मां पिता से मिले। उन्होंने हमें कुछ पैसे देकर भगा दिया।

कुछ महीनों बाद ध्रुव का जन्म हुआ।और मैं मां को लेकर यहां आ गई।इस सदमे से मां बीमार रहने लगी।तभी से दीदी के आश्रय में है।अपनी मेहनत पर भरोसा है मुझे।एक दिन मेरा ध्रुव भी उत्तर दिशा की ध्रुव की तरह चमकेगा। आप सभी के आशीर्वाद से।और रमा अपनी चमकती आंखों के आंसू पोछती चली गई।

मैं और मंजू नम आंखों से रमा के ध्रुव को निहारते रहे।

" तनहा सफर अजनबी राहें

चमकेगी एक दिन

सितारों में ले जाकर

मंजिल मुझे अजनबी सफर की।"

राजू रंगीला।

राजू रंगीला, हमारा चौकीदार।

बातों का खजाना लिए घूमता फिरता अपनी ड्यूटी निभाते हुए।

कैसे हो राजू भैया?

बस पूछिए मत साहेब !

क्यों ? क्या बात है आज उदास दिख रहे हो।

कुछ ऐसा ही समझ लीजिए साहेब।

कुछ बताओगे भी या मैं चलूं।

अरे साहब बताता हूं !

बैठिए तो सही !

अरे हुआ यूं साहेब ,

जब मैं आ रहा था घर से।

अम्मा बोली कब तक आखिर कब तक राजू चौकीदारी करेगा ? क्या इसीलिए पढ़ाया लिखाया था तुझे।

निकम्मे कुछ तो शर्म कर ! साथ के सभी लड़के अच्छी जगह नौकरी कर रहे हैं ।और एक तुम हो की चौकीदारी पकड़े बैठें हो।

बस साहेब ! दिल पर चुप गई अम्मा की बातें। तभी से मन खराब है ! वह तो बाबूजी हैं जो मेरे मन को बांधे रखे हैं।

नहीं तो साहेब। मैं भी आज विदेशों में मजे कर रहा होता।

कुछ ज्यादा नहीं हो गया राजू।

अरे साहेब !सुबह से आप ही पहले हो। जो पूछ बैठे कैसे हो राजू भैया ? तो कहां हम छोड़ने वाले आपको।

बस करो गलती कर दी पूछ कर।

अब भुक्तो साहेब।

अब हमसे चुप ना रहा जाएगा।

जब तक दूसरा आकर ना पूछ बैठे कैसे हो राजू भैया ?

" कई किस्सों के हिस्सों से बनी अपनी जिंदगानी

सुबह से सांझ तक हर रोज एक नई कहानी

अपनी जिंदगी में भी मुस्कुराते हैं लम्हे

अपनी जिंदगी की भी एक सुहानी कहानी।"

सुनील और मीता।

सुनील ऑफिस से आए, मीता पानी चाय लेकर हाजिर हो गई।

क्या मीता ! तुम्हारे मजे हैं, सारा दिन बस आराम से टीवी देखती हो।

सहेलियों के साथ किटी पार्टी, जब मन हुआ शॉपिंग चली गई, कामवाली बाई से झाड़ू से लेकर बर्तन तक सब काम करवाती हो।

एक हम हैं सुबह सवेरे उठ कर, नहा धोकर, ऑफिस में उंगलियां घीसते है ,

जी जान एक कर देते हैं ,

ताकि तुम मजे कर सको।

मीता ध्यान से सुनील की सब बात सुनती रही।

सबसे पहले सुनील के हाथों से पानी का गिलास ले, चाय नाश्ता किचन में रख दिया।

फिर सुनील के सामने डटकर खड़ी हो गई।

क्या कहा तुमने?

अब सुनो!

सुबह पांच बजे उठकर तुम्हारे लिए, नाश्ता और टिफिन बनाओ। तुम्हारे कच्छे बनियान से लेकर कपड़े निकालो।और तुम्हें तैयार कर ऑफिस भेजो,

इसके बाद बच्चों को तैयार कर स्कूल लाने से ले जाने तक। घर में खाना बनाने, बच्चों का होमवर्क करवाने, फिर घर का राशन से सब्जी तक। सारा काम करूं मैं।

और ऑफिस में कुर्सी तोडों तुम।

तुम्हारी हिम्मत कैसे हुई ! मुझे यह सब कहने की ? सुनील।

मेरी सहेलियों के साथ थोड़ा सा समय क्या गुजारूं, तुमसे यह सब पचता नहीं सुनील।

वह भी क्या दिन थे ।मेरे मायके के । सारा दिन बिस्तर में सेवा करती मां, पापा पॉकेट मनी देते, हम सारा दिन दोस्तों के साथ घूमते फिरते। पिक्चर देखते। फिर भी मां पापा कुछ नहीं कहते।

कहकर, रोने लगी मीता।

मेरा क्या हाल बना कर रखा है तुमने सुनील ।नौकरानी बना कर रखा है मुझे।

तुमसे शादी करके मेरी जिंदगी बर्बाद हो गई ,

हे राम जी! कहां फस गई मैं ,

सुनील बोला, यह क्या कह रही हो तुम, मेरा मतलब यह नहीं था।

भाड़ में जाए तुम्हारा मतलब । मीता बोली ।

अब अकेले संभालो घर और बच्चों को सुनील। और, खबरदार जो मुझे रोकने की कोशिश की !

अपने घर जाकर रहूंगी मजे से।

ये ना कहो, तुम कहोगी तो मुंह भी ना खोलूंगा ,

मैं तो बस मजाक कर रहा था। तुम से मीता तुम तो सीरियस हो गई।

तभी तो कहते हैं।दोस्तों

एक नारी सौ पर भारी।

" कभी खुशियों के संग तो कभी थोड़े हैं गम ,

यही है जिंदगी के सौ रंग ।"

तुम्हारा साथ।

अरे 5:00 बज गये।और तुम्हारी चाय का कहीं पता ही नहीं अब तक। पम्मी जी तुम पहले जैसी नहीं रही।

क्या मतलब तुम्हारा?सुरेश जी।

पहले दफ्तर से आते ही चाय नाश्ता तैयार रखती थी तुम।अब तो दस बार बोलने पर भी नहीं सुनती हो पम्मी जी।बहुत अच्छे सुरेश जी।

पिछले चालीस सालों से बस सुन ही तो रही हूं।

कभी तुम्हारी।कभी बच्चों की।कभी मां बाबूजी की।

मेरी आवाज तो इन सब में कहीं खो गई है।सुरेश जी।

अब कुछ बोलने का मौका मिला है।तो तुम्हें बर्दाश्त नहीं हो रहा। क्या तुम भी सुरेश जी।

अरे! श्रीमती जी नाराज ना हो,यह तो उपकार हैं आपके। नहीं तो यह गाड़ी में अकेले कैसे खींचता। तुम्हारी खामोशी और सहयोग का इंधन था पम्मी जी। तभी तो खींच पाया इन सभी जिम्मेदारियों को।

तुम भी ना बार-बार मेरे मुंह से यही सुनना चाहती हो।

मुस्कुरा दी पम्मी जी।

अरे !आइए ना सुरेश जी आपकी चाय और फीकी मठरी आटे के लड्डू सब तैयार हैं।

अब तो सांझ का इंतजार है।

" धूप बहुत तेज थी सफर में बचते बचाते जीवन की सांझ में आ गए।"

कामवाली बाई ।

नमस्ते मैडम जी!

नमस्ते, क्या नाम है तुम्हारा।

जी कमला मैडम जी।

काम करोगी?

जी जरूर करूंगी मैडम जी।

आप की बिल्डिंग में चार घर पकड़े हैं।

क्या तनख्वाह लेती हो ?

दो किस्म की है मैडम जी,

एक तो चुपचाप काम करके जाने का ,

दूसरा आपके सर में तेल मेहंदी और आजू बाजू के घर की बातें। सब कुछ।

क्या मतलब है तेरा, मैं समझी नहीं ?

अरे मैडम जी, सब जानती हो आप।

अब बताओ एक नंबर काम के तीन हजार।और दो नंबर के काम के चार हजार।

चार हजार कुछ ज्यादा नहीं कह रही हो ।

तो पहला नंबर ठीक है ना मैडम जी?

मैंने तो अभी कुछ कहा ही नहीं ।चल पैतीस सौ ठीक है ना?

क्या मैडम जी!

जानती हो ना, दूसरे के घर की बातें बताने में कितना रिस्क है।

पता चल गया तो बिल्डिंग से निकलवा देंगे।

" तुझे क्या मैं लोगों के घरों में ताक झांक करने को कह रही हूं।"

बस कुशल क्षेम ही तो पूछ रही हूं।

कब किसे जरूरत पड़ जाए हमारी । आसपास क्या हो रहा है।कैसे पता होगा?

तुम ही तो आकर कहोगी।

" उसके लिए टाइम खोटी करना होता है ना मैडम जी ।" दूसरे की कामवाली से पूछो।फिर आपको आकर सुनाओ। कितना टाइम लगता है ना मैडम जी।

ठीक है!

" बुराई नहीं बस बातें ही बताना।"

और हां!

मेहंदी नहीं लगाती मैं बालों में और ना तेल तो पाँच सौ कट।

क्या मैडम जी!

कुछ किस्से कहानी भी तो कहूंगी । आपसे कुछ अपनी तो कुछ घर-घर की कहानियां सुनाऊंगी।

फुल इंटरटेनमेंट करूंगी आपका।आप भी ना । कहा चार पाँच सौ के चक्कर में पड़ गई हो ।

खिलखिला कर हंस दी हम दोनों ।

" बहारों के संग खुशियों की सौगात लाई हंसते हंसाते दिन-रात लाई कमला।"

पप्पू जी की ससुराल।

कहां थे पप्पू जी, कितने दिनों बाद दिखाई दिए।

कितनी मुश्किल हुई हमें नया प्रेस वाला ढूंढने में, । एक आप हैं कि सैर सपाटे मैं व्यस्त हैं।

ये ना कहो दीदी ।पप्पू जी हाथ जोड़ने लगे ।

क्या हुआ पप्पू जी ? इतने परेशान क्यों लग रहे हो?

क्या बताऊं दीदी जी, ससुराल गए थे पत्नी संग।

अच्छा जी यह बात है ।तब तो खूब खातिरदारी हुई होगी ससुराल में आपकी।

काहे की खातिरदारी मत पूछिए दीदी ! जुल्म हुआ है जुल्म हम पर।

लड़कियां तो नाहक ही डरती है ।ससुराल के नाम पर, । जबकि वह तो ससुराल में राज करती है राज।

हम लड़कों से पूछिए असलियत क्या है । गए थे खुशी-खुशी ससुराल । खातिरदारी कराने लेकिन बदले में...

क्या हुआ पप्पू जी?

दो दिन तो खूब खातिरदारी हुई । तीसरे दिन ससुर जी बोले।

दामाद जी एक मदद चाहि आपकी।

बोलो ससुर जी।

अरे दामाद जी बगल की कोठी में ब्याह है। बहुत सारे कपड़े हो गए हैं। जरा घाट तक पहुंचाने में मदद चाहि आपकी।

और कछु नाहीं।

चल दिए हम ससुर जी के साथ घाट पर। आगे आगे ससुर जी का गधा।कपड़ों का बोझ लिए। बीच में ससुर जी।पीछे दूसरा गधा यानी हम चल रहे थे। सभी गांव वाले हमें देख। हंस रहे थे। पर क्या करते।जैसे तैसे घाट पर पहुंचे।

ससुर जी हमें वाशिंग पाउडर पकड़ाते हुए बोले। दामाद जी जरा झाग तो बनाओ। हम साबुन घर पर भूल गए हैं। आते हैं दस मिनट में।

हमने झाग बनाकर कपड़े डुबो दिए।दस मिनट के दो घंटे हो गए।ससुर जी नहीं आए,। फिर हमने सारे कपड़े धो डाले। और सुखाने रख दिए। तभी भी नहीं आए, गधा भी भूखा प्यासा था उसे पानी पिलाया।और चरने को छोड़ दिया,। और लगे सुस्ताने, बीड़ी फूकते हुए, चार घंटे बाद ससुर जी आये,।बोले क्या दामाद जी सुस्ता रहे हो, ? यह नहीं कि कपड़े सूख गए हो तो उन्हें उठा लूं।

खून खौल गया था उन्हें देखकर। पर चुप रह गए।

जैसे तैसे घर पहुंचे सासू मां बोल पड़ी।

आ गए सैर सपाटे से दामाद जी।

मुंह सूख गया था मेरा उनकी बातों से, हमें प्याली में और ससुर जी को गिलास भर चाय पिलाई।

ससुर जी को बोली थक गए होंगे। बहुत कपड़े थे आज। लाओ तुम्हारे पैर दबा दूं,।

दामाद जी से तो हुआ ना होगा। कि आपकी मदद कर दे।

"अरे ! क्या कहती हो।दामाद जी से काम करवा कर नर्क में जाएंगे क्या।"

सारा दिन ताश खेलते रहे ससुर जी।अपने दोस्तों के संग, और हमारा गधा बना गए।

आज ही आए हैं। ससुराल से। अब ना जाएंगे। गधा बनने।

हंस दी मैं पप्पू जी की कथा व्यथा में।

" सुकून तलाशते रहे

दो पल का

जिंदगी बोझ ले आई।"

रेशमा ।

बाबूजी बहुत देर से खड़ी हूं।मुझे रस बिस्कुट और चाय पत्ती चाहिए।

मैं भी दुकान में खड़ी थी । कोई चालीस के आसपास की बंजारन जान पड़ती थी, ।

उसी के पल्लू से लिपटी दस ग्यारह साल की बहुत खूबसूरत लड़की। गोरा रंग नीली आंखें भूरे घुंघराले से बाल शायद बंजारन इसकी मां थी ।

मैं पूछ बैठी क्या नाम है तुम्हारा, । कुछ नहीं बोली बस एकटक देखे जा रही थी।

तभी बंजारन बोल पड़ी गूंगी गुड़िया है । नाम रेशमा।

हे ईश्वर ! यह रूप और निशब्द वाणी ।

मैंने चॉकलेट और टॉफी एक पैकेट में रख । रेशमा को दे रही थी।लेकिन वह अपनी मां के पीछे छिप जाती । लाख कोशिश के बाद भी उसने कुछ नहीं लिया, ।

बदले में मुस्कुराहट दे गई ।

मोह पाश में बंध गई मैं रेशमा के । लगा जैसे मेरी ही बेटी हो ।

मां बेटी सामान लेकर जाने लगी । तो मैंने बंजारन से पूछा । बुरा ना मानना ।शक्ल से ये तुम्हारी बेटी नहीं लगती।

और है भी नहीं । बंजारन तपाक से बोल पड़ी।

तो किसकी है ? मैं पूछ बैठी।

वो बैठ गई रेशमा को गोदी में लेकर।

पूर्व जन्म की समझो दीदी।

इसके मां-बाप आए थे विदेश से हमारे यहां घूमने। मेरे पति ऊंट की सवारी कराते है। घुमाते फिराते है। रेगिस्तान में।

यह लोग भी आए हमारे यहां ऊंट की सवारी के लिए। और जाते हुए। एक महीने की बच्ची मेरी गोद में दे गए।कहा आते हुए ले जाएंगे।

मेरा पति उन्हें घुमा फिरा कर लाया। फिर बाजार जाने की जिद करने लगे। फिर मेरा पति।उन लोगों को बाजार लेकर गया। उसके बाद वो कहां गए इस बात को दस वर्ष हो गए हैं।

तभी से साथ है यह गूंगी गुड़िया ।रेशमा हमारे।

उनका कोई पता ठिकाना भी नहीं हमारे पास। शायद आए कभी अपनी अमानत लेने।

तुम तो बंजारे हो कहां ढूंढ लेंगे तुम्हें?

हंस दी बंजारन। जैसे हमें मिली। वैसे उन्हें भी मिल जाएगी।

यह तो प्रभु की माया है। इसे कौन समझ सका है दीदी।

हम भी बे औलाद हैं।

अब तो रेशमा ही सब है हमारे लिए।

"आती जाती है बहारें

मेरे आंगन में

रेशमा को मिलने

मुस्कुराकर करती है बहारों का स्वागत।"

" में मिल जाते हैं

कई किस्से

कुछ गुनगुनाते हैं

कुछ कहानी सुनाते हैं।"

पराया धन।

पराया धन है। क्यों इतना मोह करते हो बेटा।

एक दिन अपने घर चली जाएगी। हम सब को रोता छोड़, अपनी यादों के संग।

क्या अम्मा, अभी तो दो साल की छोटी सी गुड़िया है। तुम भी ना ....।

अरे लड़कियां तो चंद्रमा की तरह बढ़ती हैं।

अभी दो की है कल बाईस की हो जाएगी।

तुझे तो पता ही नहीं चलेगा। गुड़िया कब बड़ी हो गई।

क्या करूं अम्मा ?

क्या अभी से अपनी लाडो का मोह छोड़ दूं।

अरे नहीं बेटा।

बस ! अपना मन मजबूत कर ले। अभी तो पायल पहने तेरे आंगन में डोल रही है। यही आवाज कल किसी के आंगन की शोभा होगी।

"अभी खेली थी गुड़िया के संग में

अभी कहानियों की दुनिया में थी खोई

आंगन में बिखरे थे सारे खिलौने

रोई थी नई गुड़िया की जिद में

यह नन्हे से कंधों में क्यों ? जिम्मेदारी

अपने ही घर की

पराई कहानी।"

सुहाग ।

मां यह सिंदूर क्यों लगाती हो?

सुहाग और तुम्हारे बाबूजी की लंबी उम्र के लिए बिटिया।

और चूड़ी महावर बिंदिया मंगलसूत्र पायल ये सभी ?

हां बिटिया तुम्हारे बाबूजी के लिए।

पर अपने लिए क्या मां ?

"अपने लिए तो हम खुद ही नहीं होते। बिटिया, यह सब सिंगार तुम्हारे बाबू जी की लंबी उम्र और सुहाग के लिए ।"

पति पत्नी ।

तुम और तुम्हारे बच्चों ने सर दर्द कर रखा है मेरा रमेश जी। रोज रोज नया खाना परोसो । फाइवस्टार का कुक समझ रखा है क्या मुझे।

तुम और फाइव स्टार की कुक क्यों मजाक कर रही हो सरिता ।

क्या कहा तुमने रमेश।

मजाक तो तुमने मेरा बना रखा है । पिछले पन्द्रह सालों से ।

और तुम्हारे भाई ने मेरा मजाक बना रखा है ।सरिता वो क्या ।

मेरे भाई को बीच में क्यों लाते हो रमेश । क्या किया उस बेचारे ने तुम्हारा ।

बेचारा ?और तुम्हारा भाई सरिता ।

साल के ग्यारह महीने तो साले साहब यहां पधारे रहते हैं ।

जीजा जी की घड़ी से । गाड़ी तक । सब पर हक जमाये रहते हैं ।और आए दिन होटल चलने की जो जिद लगाए रहते हैं वह क्या सरिता?

हे ईश्वर मेरी तो जिंदगी ही मजाक हो गई ।

शक्ल के अलावा सरिता तुम्हारे बच्चे तुम्हारी भाई की फोटो कॉपी है।

तो क्या गलत है इसमें रमेश?

इतना इंटेलिजेंट जो है मेरा भाई रमेश।

तुम्हारा भाई और इंटेलिजेंट ?सरिता ।

क्यों हंसा रही हो।

हंस के तो दिखाओ रमेश बत्तीसी बाहर कर दूंगी तुम्हारी।

मेरे मायके के लिए कुछ कहा तो समझ गए ?

अच्छे से समझ गया मेरी भगवती।

जाओ चाय के साथ पकोड़े लेती आओ सरिता। बारिश का मौसम बार-बार नही आता है।

तुम और तुम्हारे बहाने रमेश। तंग आ चुकी हूं मैं अब तो बारिश के महीने मायके जाकर रहूंगी चैन से।

सच कब जा रही हो सरिता।

क्यों रमेश?

इतना खुश क्यों हो रहे हो मेरा मन बदल गया।

अब मां और भाई को बुला लेती हूं।

अरे क्यों नाराज हो गई सरिता रानी।

इलायची अदरक और क्या-क्या कूटकर चाय बनाऊं सरिता।

सुधर गए जनाब रमेश।

थोड़ी डोज देनी पड़ती है ना।

सिधाई का तो जमाना ही नहीं है दोस्तों।

" खट्टे मीठे लम्हों से जिंदगी सजाते हैं

जिंदगी को हर रोज जिए जाते हैं।"

सरला जी।

नमस्ते सरला जी।

आज किस डॉक्टर के पास जा रही हो आप।

हाय एक तू ही है।जो मुझे प्यार से सरला जी कहती है।

नहीं तो।मूवें बिल्डिंग वाले। आंटी आंटी भाभी बहनजी न जाने किन किन नामों से पुकारते हैं।

मां बापू ने इतना प्यारा नाम दिया है मुझे सरला। भला हो तेरा जो इतना प्यार और सम्मान देती है मुझे। नहीं तो सब तंग है मेरे चुगल खोर स्वभाव से।

और पूछ आज किस डॉक्टर की शामत आई है।

यही तो पूछ रही हूं।आपसे ?

अरे ! पास वाले क्लीनिक मैं नया डॉक्टर आया है। और मुझे जानता भी नहीं है।वही जा रही हूं बस। बताऊंगी आकर तुझे।

जी जरूर सरला जी। सरला जी चली गई हमारे शहर के सभी डॉक्टरों के पास टाइम पास कर आई हैं।सभी परेशान है। इस बात से। कि कोई बीमारी नहीं। फिर भी हर डॉक्टर से इलाज करवाती हैं। ढेरों टेस्ट सिटी स्कैन से एक्स-रे तक।

एक दिन में फुर्सत में पूछ बैठी। क्यों जाती हो आप डॉक्टर के पास ?कोई बीमारी नहीं आपको हस दी सरला जी।

" मेरे पति भी कहते हैं मुझे। खस्मा नू खाणीयाँ क्यों मेरे पैसे बर्बाद करती हो डॉक्टरों के पास।"

मैं भी हस के चली जाती हूं। बेटा अमेरिका में।बेटी कनाडा। इनका बिजनेस।और मेरी चुगलखोरी की आदत।सभी परेशान हैं।इसीलिए डॉक्टरों के पास जाकर टाइम पास कर आती हूं।

दस तरीके की झूठी बीमारियां बता कर। कुछ बातें करके।कुछ टेस्ट के नाम पर आए हुए मरीजों के साथ। क्या हुआ बहन आपको ?अरे भाई साहब कहां लगा दी यह चोट। ध्यान रखा करो अपना।

इतना छोटा बच्चा और यह बीमारी।जब से ये मुवा करोना आया है।

छोटी-छोटी बीमारियों से भी डर लगता है। सच कह रही हो बहन, बहन नहीं सरला नाम है मेरा।

अरे सुन,सुमन। आई सरला जी ।

आज गई थी पास वाली क्लीनिक में। बहुत सोणा डॉक्टर है। स्वभाव भी अच्छा है। मैं तो जाते ही बोल पड़ी जितने टेस्ट हैं सब करवा लो डॉक्टर साहब।पता नहीं कौन सी बीमारी है मुझे।

हस दीया डॉक्टर सोणे मुखड़े से।

कुछ भी नहीं सरला जी। अकेला पन खाए जा रहा है आपको। डॉक्टर की नहीं साथ की जरूरत है आपको।अच्छा कल आपको कहीं घुमाने ले जाऊंगा।

मैं झट से हां बोल गई।

पूरी रात सोना सकी।सुबह सुबह ही चल दी क्लीनिक में।

डॉक्टर साहब मुस्कुरा गए। अच्छा आज की छुट्टी लेता हूं। चलो आपको घुमा लाता हूं।

और वो मुझे पास के वृद्धाश्रम में ले गए। मैं अक्सर यहां आता हूं।इनके साथ रहोगी तो अच्छा लगेगा आपको।

" यह क्या मेरी उम्र है इनके साथ टाइम पास करने की?"

अरे नहीं इनकी सरला जी बन जाइए ना आप।

मैं भी अनाथ हूं।यहीं आकर मां-बाप की कमी पूरी करता हूं। नम आंखें हो गई डॉक्टर साहब की। बिना कुछ कहे चले गए मुझे नया जीवन देकर।

बहुत सी बुजुर्ग महिलाएं मिली मुझे मेरी जैसी चुगल खोर हसती मुस्कुराती जीवन की संध्या में।

"कोई आया जीवन में

जीवन की लौ जलाने

जिंदगी से एक हसीन मुलाकात कराने।"

राजीव ।

भाभी जी। क्या राजीव आज भी देर कर दी तूने आने में।अरे ! छोड़ो भी भाभी जी, आज मैं आपको मिथुन दा की आवाज निकाल कर दिखाता हूं।

क्या तुम भी निर्मला! सुबह सुबह राजीव के साथ टाइम पास करती हो।

सुन राजीव !

अपने काम से मतलब रखा कर।

अरे! क्या बबलू भैया, आप भी ना ! सुबह-सुबह मुस्कुराता चेहरा देखा नहीं जाता आप से भाभी जी का।

अब क्या लड़ाई लगाकर दम लेगा राजीव।

अरे नहीं भैया।

चल जा यहां से राजीव।

भैया शाम को मिलता हूं, कुछ जरूरी बात करनी है आपसे।

तू और तेरी जरूरी बातें राजीव।

शाम को राजीव हाथ में शादी का कार्ड लेकर आया और शर्मा गया।

क्यों? फस गए तुम भी सोने के जाल में बबलू बोला।

भैया पाँच साल ही बड़ी है। पाँच साल क्या कम नहीं होते राजीव?

क्या करूं भैया ! जो मिल रहा है उसी में संतुष्ट हूं, आप तो भाभी जी के साथ दावत में आइएगा।

चलो आते हैं।

शादी वाले दिन। बहुत खुश था राजीव। अपनी दुल्हन के साथ।

शिमला मसूरी गोवा, इन एक महीनों में, खूब घूम आए हम भैया।

मेरा बहुत ध्यान रखती है, मेरी दुल्हन मेरा।

क्यों नहीं रखेगी! राजीव। तुम सा हीरा जो हाथ लग गया है तुम्हारी दुल्हन।

तुम भी ना बबलू जी ! हमेशा छेड़ते रहते हो बेचारे को।

कोई बेचारा नहीं है निर्मला ये। दूध की जगह पानी दे जाता है।

क्या भैया आप भी ! सुनो अपने घर में दावत में नहीं बुलाओगे हमें।

जरूर राजीव क्यों

नहीं।आना तुम अपनी दुल्हनिया को लेकर निर्मला बोली।राजीव शर्मा गया, जी भाभी जी जरूर।

आज हफ्ता होने को है, राजीव नहीं आया क्या बबलू जी?

जरा पता तो लगाइए आप कहां गया राजीव।

अच्छा पता करता हूं निर्मला।

अरे सुनती हो क्या !

अपने राजीव के साथ क्या हुआ ?

उस की दुल्हनियां सारा सामान लेकर भाग गई है। घर से।बहुत दुखी है बेचारा ।फस गया था ! सोने के पिंजरे में, दान दहेज के लालच में, बिना देखे विवाह कर लिया।अब बैठा है मुंह लटकाए।

बस ! अब कल से आएगा दूध कम पानी बेचने।

"हाले जिंदगी के

क्या कहने

हर वक्त नए इम्तिहान लाती है।"

राजीव ।

भाभी जी। क्या राजीव आज भी देर कर दी तूने आने में।अरे ! छोड़ो भी भाभी जी, आज मैं आपको मिथुन दा की आवाज निकाल कर दिखाता हूं।

क्या तुम भी निर्मला! सुबह सुबह राजीव के साथ टाइम पास करती हो।

सुन राजीव !

अपने काम से मतलब रखा कर ।

अरे! क्या बबलू भैया, आप भी ना ! सुबह-सुबह मुस्कुराता चेहरा देखा नहीं जाता आप से भाभी जी का ।

अब क्या लड़ाई लगाकर दम लेगा राजीव।

अरे नहीं भैया ।

चल जा यहां से राजीव।

भैया शाम को मिलता हूं, कुछ जरूरी बात करनी है आपसे।

तू और तेरी जरूरी बातें राजीव।

शाम को राजीव हाथ में शादी का कार्ड लेकर आया और शर्मा गया।

क्यों? फस गए तुम भी सोने के जाल में बबलू बोला।

भैया पाँच साल ही बड़ी है । पाँच साल क्या कम नहीं होते राजीव?

क्या करूं भैया ! जो मिल रहा है उसी में संतुष्ट हूं, आप तो भाभी जी के साथ दावत में आइएगा।

चलो आते हैं।

शादी वाले दिन। बहुत खुश था राजीव। अपनी दुल्हन के साथ।

शिमला मसूरी गोवा, इन एक महीनों में, खूब घूम आए हम भैया।

मेरा बहुत ध्यान रखती है, मेरी दुल्हन मेरा।

क्यों नहीं रखेगी! राजीव। "तुम सा हीरा जो हाथ लग गया है तुम्हारी दुल्हन के।"

तुम भी ना बबलू जी ! हमेशा छेड़ते रहते हो बेचारे को।

कोई बेचारा नहीं है निर्मला ये। दूध की जगह पानी दे जाता है।

क्या भैया आप भी ! सुनो अपने घर में दावत में नहीं बुलाओगे हमें।

जरूर राजीव क्यों

नहीं।आना तुम अपनी दुल्हनिया को लेकर निर्मला बोली।राजीव शर्मा गया, जी भाभी जी जरूर।

आज हफ्ता होने को है, राजीव नहीं आया क्या बबलू जी?

जरा पता तो लगाइए आप कहां गया राजीव।

अच्छा पता करता हूं निर्मला।

अरे सुनती हो क्या !

अपने राजीव के साथ क्या हुआ ?

उस की दुल्हनियां सारा सामान लेकर भाग गई है। घर से।बहुत दुखी है बेचारा।फस गया था ! सोने के पिंजरे में, दान दहेज के लालच में, बिना देखे विवाह कर लिया।अब बैठा है मुंह लटकाए।

बस ! अब कल से आएगा दूध कम पानी बेचने ।

"हाले जिंदगी के

क्या कहने

हर वक्त नए इम्तिहान लाती है । "

मुक्ति।

अक्सर हमारा पहाड़ों में आना होता है।

जब भी मैं। अपने परिवार के साथ यहां आती हूं। तो लगता है कुछ अधूरा सा छोड़ कर जा रही हूं।

एक बेचैनी सी रहती है मन में।

मेरे पतिदेव कई बार बोले मुझसे ! क्या है तुम्हारे मन में ? कुछ कहती क्यों नहीं ! मन हल्का हो जाएगा तुम्हारा।

अरे कुछ भी नहीं।

बोल भी दो ना।

वो जो आदमी शाम होते ही। सड़कों में चिल्लाता है। और गंगा नदी में बड़े-बड़े पत्थर फेंकता है। कौन है वो ?

जब भी मैं तुम्हारे साथ यहां आती हूं। ये सब देख परेशान हो जाती हूं।

मेरे पति देव सहज भाव से बोले।

जब यहां सुरंग का काम चल रहा था तो। तीस मजदूरों का एक ग्रुप उसमें काम कर रहा था। एक हादसा हुआ। उस में उन्नतीस मजदूर दबकर मर गए !यह अकेला बच गया। वह शायद शाम का समय था। इसीलिए नदी और शाम का वो हादसा। बस इसका दिमाग वहीं रुक गया।और ये अपना मानसिक संतुलन खो बैठा। भागो भागो बचाओ बचाओ यही दो शब्द। पिछले कई सालों से दोहराता है। किसी को भी नहीं पता यह कौन है। कहां से आया है। आधा

जानवर आधा आदमी बनकर रह गया है। मां गंगे न जाने कब इसे मुक्ति देगी यह सब सुनकर मैं रो पड़ी।

इस बार न कोई बेचैनी थी। और ना कोई सवाल। बस मां गंगे से प्रार्थना थी। उस अजनबी के लिए मुक्ति की।

"न जाने कब मुक्ति होती है

हमारे कर्मों की।

ये सब हकीकत में देखा है दोस्तों।"

समय ।

मां संभाल लेना दो चार सौ ज्यादा खर्च हो गए हैं।

बाबू जी नाराज हो जाएंगे । नहीं जानते क्या अम्मा बाबूजी?' महंगाई कितनी बढ़ गई है ।

हाँ री सच कह रही है नेहा । महंगाई कितनी बढ़ गई है।

तेरे बाबूजी तो घर से दफ्तर दफ्तर से घर ।

अचार रोटी से रेडियो तक में ही अटके हैं ।

दुनिया कंप्यूटर की हो गई है अम्मा । कुछ खबर है बाबूजी को ?

बच्चों की पढ़ाई मां बाप की दवाई घर के खर्च ।

हां अखबार का शौक है । तुम्हारे बाबूजी को नेहा ।

फिर भी अनजान है दुनियादारी से अम्मा?

क्या कहूं मुझे तो ऐसे ही अच्छे लगते हैं तेरे बाबूजी नेहा।

अपने लिए कभी सोचते ही नहीं । मैं जो दे दूं वह खा लेते हैं । जो पहना दूं वह पहन लेते हैं ।

बस एक ही तसल्ली है उन्हें समय से घर बनवा दिया ।

अब तो अपना रिटायरमेंट उंगलियों में गिनते रहते हैं ।

तुम्हारी शादी गुड्डू की नौकरी यही चिंता सताती है तुम्हारे बाबूजी को नेहा ।

शादी और नौकरी तो हो जाएगी अम्मा ।

बस बाबू जी को महंगाई समझा देना ।

और दो चार सौ रूपये वाली बात कुछ भी करके संभाल लेना प्यारी अम्मा ।

" समय उड़ जाता है पंख लिए

और हम हैं की लम्हें ढूंढते रह जाते हैं ।"

शराबी ।

हमारे अपार्टमेंट के सामने ! ठीक 10:00 बजे एक शराबी गुजरता था ! और जोर जोर से गाने गाता हुआ चला जाता ।

बहुत मधुर आवाज थी उसकी ! एक गाना जो अक्सर गाया करता ! मैं अपनी बालकनी में आ जाती ! और उसकी मधुर आवाज को सुनती ।

" ये माना कि तुम हो गए हो हमारे खुशनुमा जिंदगी के बन गए है तराने "।

आधा अधूरा ही सुन पाती थी मैं उसकी आवाज को ! शायद अपने टैलेंट से अजनबी था वो ।

अब तो हमारी आजू बाजू की बालकनी में भी लोग उसकी आवाज को सुनते।

कौन है यह जो घड़ी दो घड़ी में समा बांध जाता है ।

और उसको इसका इल्म भी नहीं था ।

हमारी रोज की जिंदगी का हिस्सा बन गया था वो ।

साफ साफ नजर नहीं आता । अपनी धुन में गाता हुआ चला जाता था वो ।

मैंने अपनी बिल्डिंग के गार्ड से पूछा कौन है यह ? नहीं जानते मैडम । बस आता है गाता है और चला जाता है ।

कुछ दिनों के लिए मैं अपने परिवार के साथ घुमने चली गई । और 10 बजते ही मुझे लगता कि फिर कोई गुनगुना रहा है !

छुट्टी खत्म होते ही हम वापस लौट आए ।

मैंने गार्ड से पूछा क्या अभी भी आता है वो शराबी ।

जी मैडम ! कुछ दिनों से यहां गेट पर रुक कर गाता है ! फिर इधर उधर देख कर गाता हुआ चला जाता है जैसे कुछ ढूंढ रहा हो ।

पहले कभी रुका नहीं । गेट पर ।

मैं समझ गई थी । उसे इल्म हो गया था । कि शायद उसके गाने का कोई इंतजार करता है ।

वह भी समय का पक्का 10:00 बजे में बालकनी में आई ! और वह गाता हुआ गुजर गया ! गार्ड बोला आज रुका नही ?

"नशा शराब का हो तो मुमकिन है पर जब किसी की आवाज और एहसास का हो तो अलौकिक है । "

बड़ी बी ।

हंसती मुस्कुराती दुआओं में आती । जमाने से प्यारी हमारी बड़ी बी ।

मेहंदी से रंगे नारंगी बाल हाथ में थैला । आदाब बड़ी बी । खुश रहिए । सदैव आशीर्वाद देती । हम सब बच्चों को प्यार करती । साथ में टॉफियों की सौगात लाती।

हमारी प्यारी बड़ी बी को कोई औलाद नहीं थी । वो दुनिया जहां के बच्चों को बहुत प्यार करती थी वो ।

बड़ी बी के शौहर हरदम कुडकुडाते रहते ।हमारी प्यारी बड़ी बी पर ।बड़ी बी पर इसका कोई असर नहीं होता ।वह हरदम मुस्कुराती रहती ।दुनिया जहान की खबर रखती हो । हमारा कभी ध्यान रख लिया करो ।बड़ी बी ।ना हुक्का ना पानी न। खाना। बस बच्चों को टॉफियां बांटती रहती हो ।कहां हो तुम बड़ी बी।

अरे यही तो है बड़े मियां । कहां जाएंगे । तुम्हारे सिवा कौन है हमारा ।

और यह बच्चों की टोलियां ।जो तुम्हारे आगे पीछे घूमती रहती हैं ।वो कौन है। मेरे जीने का सहारा है ये बड़े मियां ।

शहर से दूर बड़ी बी का छोटा सा आशियाना था ।दुनिया जहां की खुशियों से भरा ।दोनों मियां बीवी बहुत खुश थे अपनी जिंदगी में । हम भी बचपन में जब भी मन करता था ।बड़ी बी के घर चले जाते ।और चुप खड़े रहते ।बड़ी बी समझ जाती । टॉफियों की सौगात से हमारे हाथ भर देती ।

हमारा इंतजार बड़ी बी की दुआओं का खजाना कभी हमारे लिए कम ना था ।

इमली नीम बरगद के पेड़ों की छांव ।और बड़ी बी की ढेरों कहानियां ।उनका प्यार उनकी सौगातें । बचपन के प्यारे किस्सों के रूप में सदैव रहेगी मन में हमारे।

वह हमारे परीक्षाओं के दिन थे। घर से बाहर निकलने की मनाही थी।और बड़ी बी से मिलने का बहुत मन हो रहा था । कुछ ना कुछ तो जुगाड़ लगाना ही था। टॉफियों का लालच बड़ी बी का प्यार अपनी और खींच रहा था ।हमें तभी बड़ी बी हाथ में अपना थैला लिए हमारे पास आ गई ।हम खुशी से उनसे लिपट गए ।पर ऐसा नहीं था । हमको यह छलावा है । कुछ दिनों बाद पता चला ।बड़ी बी का इंतकाल हो गया है । हम बहुत रोए हमारे याद करने पर शायद बड़ी बी की रुह हमसे मिलने आई थी । ये एक सच्ची घटना है दोस्तों ।

कुछ कहानियां हकीकत से आती है ।और आंखें नम करके जाती हैं ।

"यादों की वो शहजादी हमारी रूह से रूह में मिली थी हंसती मुस्कुराती आशीष हमें देती हमारी प्यारी बड़ी बी ।"

बड़ी बी - बुजुर्ग महिला ।

परछाई ।

क्या मां तुम भी ना ।

क्यों डांट रही हो हमको ।

यूं तो कहती फिरती हो । तुम्हारी परछाई है हम ।

तुम्हारे आंगन के फूल हैं हम ।

हमें भी पता है अम्मा । दो-चार दिन ही खिलते हैं आंगन में फूल ।

वैसे ही हम दो-चार दिन में विदा हो जाएंगे तुम्हारे आंगन से । फिर ढूंढती फिरना अपनी परछाई को कह देते हैं अम्मा।

आवाज दोगी भी ना । नहीं सुन पाएंगे हम अम्मा ।

यह क्या कह गई तुम ? बिटिया । परछाई भी कभी अलग होती है अपने अस्तित्व से।

और तुम तो हरदम । एक एहसास के साथ रहोगी बिटिया ।

अपने बाबू जी का आशीर्वाद, और मेरी आस बनके ।

" से तेरे खुशियां ले

घर बसाएंगे

यादों की हजार खुशबू से महक जाएंगे

दूर से निहारएंगे तेरे आंगन को अम्मा

दुआएं हजार दे जाएंगे ।"

ग़ुब्बारे वाला लड़का।

मॉल से बाहर निकली ही थी कि सामने एक लड़का ढेर सारे गुब्बारे लिए हाथ में खड़ा हो गया।

ले लो ना दीदी। आज सुबह से एक भी नही बिका ।नए साल में तो खूब खरीदे थे लोगों ने ।बस दो दिन में जुनून खत्म हो गया सबका।

मैं गौर से उसकी बातें सुन रही थी ।फिर उसे पास बैठा कर पूछा। नंगे पांव इतनी सर्दी में गुब्बारे बेच रहे हो।

चलो तुम्हें जूते ले देती हूं।

तपाक से बोल पड़ा। अगर जूते पहन लिए तो कौन खरीदेगा इस गरीब के गुब्बारे।

क्या आप भी ना दीदी बच्चों जैसी बातें करती हो।

और हस दी मैं भी नम आंखों से ।उस मासूम बच्चे के साथ।

कुछ खाओगे ?

हां हां क्यों नही दीदी ।आज सुबह जल्दी घर से निकला था। तो कुछ खाया भी नही। और गुब्बारे भी नही बिके बस।

अच्छा बताओ कितने के दिए हैं ये गुब्बारे।

10 का एक 20 के तीन दीदी।

यह क्या हिसाब हुआ ?

एक गुब्बारा डिस्काउंट में दीदी। फिर हस दिया।

मैंने दो चाय और बंद

मक्खन मंगवा लिया।

और धूप

में बैठकर हम दोनों चाय पीने लगे।

नाम क्या है तुम्हारा ?

जो चाहो बोलो दीदी। कोई अपन को छोकरा।कोई छोटू कुछ भी बोल देता है।अपन के माई बाप नहीं है ना। ये सड़के ही घर है अपना।

अपन को तो बस पैसों से मतलब है।

ठीक है। आज से श्याम नाम है तेरा। सांवला सलोना प्यारा सा श्याम।

जैसे ही मैंने श्याम के सर पर हाथ फेरा।जैसे हजारों काटे चुभ गए हो।

नहाते नहीं हो तुम श्याम

सर्दियों में कौन नहाता है। दीदी गर्मियों में नहर में नहा लेता हूं।

आप भी ना।

उसकी हर बात में मेरी आंखें भर आ रही थी।और वह समझ भी रहा था।

दीदी आप से लोग बहुत मिलते हैं मुझे।प्यार करते हैं। खाना खिलाते हैं। कोई तो कपड़े जूते भी ले लेता है। पर छत नहीं देता।ना नाम देता है। और सर में हाथ रख चले जाते हैं।

और मैं अपने जूते थैले में रख। नंगे पांव घूमता फिरता हूं अपने गुब्बारे लिए।

ठीक है चल 50 के दो गुब्बारे देदे मुझे ।और वादा कर सर्दियों में जूते जरूर पहनेगा ।

जी जरूर ।क्यों नहीं कहता हुआ ।और लोगों से भी यही दोहराता रहा ।मैं दूर तक उसे देखती रही ।लेकिन उसने जूते नही पहने । शायद फिर किसी मोड़ में मिल जाए मुझे श्याम ।

सच ही तो कह रहा था वो । हमदर्दी तो सब करते हैं ।पर हाथ कोई नही देता ।

"दौड़ती रहती है मासूम ख्वाहिशें सड़कों पर जिंदगी के सौ रंग लिए कुछ दर्द कुछ बहारों को संग लिए ।"

अंजू ।

अंजू कहां से हो तुम ?

दार्जिलिंग से दीदी

यहां कैसे ?

बस तकदीर समझ लीजिए।

कुछ जरूरत हो तो कहना।

वैसे दीदी मैं काम की तलाश में हूं।कहीं खाना बनाने यह बुजुर्गों की सेवा का काम हो तो कह देना।

ठीक है।कह कर मैं चली गई।

दो चार रोज बाद अंजू मेरे पास आई। दीदी वह काम का पूछ रही थी।आपसे मैंने कहा था।

मैंने अंजू को अपने पास बैठाकर कमला को चाय बनाने को कहा। दीदी मैं चाय बना देती हूं।

कमला जी सब काम देखती है।अंजू नहीं तो यह जिम्मेदारी मैं तुम्हें सौंप देती।

कोई नहीं दीदी कहीं और हो तो जरूर बताना। रुपया भी खर्च हो गए हैं किराए में।

कुछ पढ़ी लिखी हो ?

जी दीदी 12वीं तक मैंने पढ़ाई की है । मेरे पापा आर्मी में सिपाही थे ।मां चाय बागान में काम करती थी । एक भाई एक बहन है हम । कहते हुए उसकी आंखें छलक गई । तभी कमला चाय लेकर आ गई अंजू ने अपनी आंखें पोंछली ।

अंजू ने बताया इसके पिता का किसी से झगड़ा हो गया था । वही उनका मर्डर हो गया ।भाई और मैं छोटे थे मां को पेंशन मिली ।और मां चाय बागान में भी नौकरी करती थी । हमारा घर चल जाता था । दीदी अच्छे से ।जब मैं बारहवीं में थी तो हमारे मकान में किराएदार आए । उनके बड़े लड़के से कब मुझे प्यार हुआ हमने शादी कर ली और किसी को बताया भी नहीं । मैं उसके साथ दिल्ली आ गई ।अच्छी नौकरी अच्छा समय चल रहा था । दीदी मैंने दो जुड़वा बेटे को जन्म दिया । पता नहीं किसकी नजर लगी । वह हमें छोड़ कर भाग गया और दूसरी शादी कर ली ।मैं मां के पास लौट आई । मां के ऊपर हम सब का बोझ हो गया था । भाई की पढ़ाई भी थी । यहां पर मेरी मौसी रहती है । उन्होंने मुझे यहां बुला लिया । मैं एक बेटे को लेकर यहां आ गई दीदी काम की तलाश में ।

मैं तो अजनबी हूं तुम्हारे लिए अंजू मुझे सब क्यों बता दिया तुमने ।

जिंदगी ने बहुत इम्तिहान लिए हैं दीदी ।सब जानती हूं किसको क्या कहना है ।

मैंने पड़ोस के बच्चों को अंजू के पास ट्यूशन भेजना शुरू किया ।और उसने बगल के घर में खाने बनाने का काम भी ले लिया ।

बहुत समय बाद आई हो अंजू इधर आना तो तुमने बंद ही कर दिया ।

नहीं दीदी आपका प्यार आशीर्वाद है ना मेरे साथ । आज मां आई है दूसरे बेटे को लेकर । कहां तक इम्तिहान लेगी जिंदगी ।नम आंखों से अंजू मुस्कुरा दी ।

"आ जिंदगी इम्तिहान ले खड़े हैं हम

आंधियों को थामें ।"

कुसुम।

गांव की ठंडी हवाओं से शहर की गुनगुनाती हवाओं तक का सफर कुसुम की जिंदगी बदलने वाला था।

चलो जल्दी नही तो आखिरी बस भी छूट जाएगी। कुसुम मन ही मन बुदबुदाती जा रही थी।

राकेश कुसुम को देख मुस्कुरा उठा कुसुम को शहर जाने की जल्दी है।

चलो भी ना कुसुम बोल उठी।

तभी अम्मा हाथ में रोटी का डब्बा ले आई।बोली मक्खन के साथ रोटी रखी है।चाय से खा लेना।

अम्मा कुसुम तो शहर मोमो खाने जा रही है।राकेश हंस दिया कुसुम झेंप गई।

दोनों गांव का रास्ता पार कर बैठे ही थे। तभी बस आ गई।कुसुम झट से बस में चढ़ गई।

पीछे से अम्मा बोली राकेश कुसुम पहली बार शहर जा रही है।उसका ध्यान रखना। अपने आंचल से अपने आंसू पोछती दूर तक बस को हाथ हिलाती रही।

अम्मा कुसुम को बहु से ज्यादा बेटी मानती थी। चार साल तक खूब सेवा पानी की थी अम्मा की कुसुम ने। अम्मा की जिद से ही राकेश कुसुम को अपने साथ शहर ले जा रहा था।

कुसुम की आंखें नम हो गई थी अम्मा की याद में।

शहर को देखने की उत्सुकता कुसुम को रोमांचित कर देती।

उतरो कुसुम आगे का सफर रेल से करना है। रेल को देख उछल पड़ी कुसुम पहली बार जो देख रही थी।

अम्मा की गांव की यादें अब कुसुम पीछे छोड़ते हुए शहर की ओर जा रही थी।

जगमगाती रोशनी लंबी-लंबी इमारतों को देख कुसुम आश्चर्यचकित हो जाती।

सागर से भी बड़ा है तुम्हारा शहर राकेश।सागर देखा है तुमने कुसुम।नहीं बस किताबों में पढ़ा है।

तुम्हारा शहर आ गया कुसुम अपना ध्यान शहर की जगमगाती रोशनी से हटाते हुए कुसुम बोली

राकेश तुम्हारा हमारा शहर आ गया है। राकेश ने टैक्सी बुला ली। दोनों टैक्सी में बैठ गए थोड़ी दूर चले ही थे।तभी कुसुम को मोमो का ठेला दिखाई दिया। खुशी से बोल पड़ी कुसुम। राकेश देखो राकेश समझ गया। इशारे से टैक्सी को रुकवाया। भैया जी दो प्लेट मोमो लगा दीजिए।जी साहब।

कुसुम शहर की जगमगाती रोशनी।मोमो और अपनी सहेलियों को दिया वादा याद कर खुश हो गई।शहर जाते ही मोमो खाएगी सबसे पहले कुसुम वादा कर हमसे। कुसुम मन ही मन मुस्कुरा रही थी। कुसुम का दुपट्टा उड़ता हुआ राकेश के चेहरे को छू रहा था। राकेश कुसुम दोनों अपने अपने एहसासों में मुस्कुरा रहे थे।खुश हो रहे थे।

गांव में अम्मा बाबूजी को रोटी परोस रही थी।

दोनों अपनी अपनी दुनिया में खुश थे।

रोटी और मोमो अम्मा और कुसुम।

" ख्वाहिशें अधूरी दौड़ती जिंदगी

लम्हा लम्हा

सुकून तलाशती

शाम ओ सहर जिंदगी।"

ओला ।

मन हुआ आज ओला से घूम आए । इनको कहे कर चलो आज गाड़ी से ना चलकर ओला से चलते हैं ।नानू कुर के बाद तैयार हो गए मेरे पतिदेव ।

तुम और तुम्हारी बेवजह की जिद ।

चलो ना कौन सा मैं रोज रोज कहती हूं । यह तो मैं और मेरा मन ही जानता है। श्रीमती जी ।

चलो नहीं तो ... ।

ओला आ गई हम दोनों बैठ गए ।राजपुर तक चलना है । ड्राइवर से कहा इन्होंने।

ओटीपी बताओ सर ।

ओटीपी बता कर हम चल दिए ओला में ।

कहां से हो ? साहब यही के लगते हो ।जी बोलकर यह चुप हो गए मैं पूछ बैठी।

क्या लोकल हो आप भैया जी ।

जी मैडम जी । यही रोजगार है अपना । आप लोगों की सेवा कर रोजी रोटी कमाता हूं ।

हंसते खिलखिलाते ।कोई फोन में बात करते ।कोई गुमसुम बैठे । कोई पूछते कुछ बातें करते सभी तरीके के लोग बैठते हैं मेरी ओला में । सुबह 9:00 बजे से 11:00 बजे तक बस सवारी ही सवारी के साथ होता हूं मैं । कल की बात है । एक नवयुवक एक युवती के साथ मेरी ओला में बैठा । और जल्दी करने लगा । चलो भैया हमारी फ्लाइट छूट जाएगी । मुझे कुछ गड़बड़ी लगी । उसमें लड़की

चुपचाप बैठी थी । और लड़का हड़बड़ी मचा रहा था । मैंने बहाने से ओला साइड में खड़ी कर पुलिस को बुला लिया । लड़की की जिंदगी बच गई मैडम जी । लड़का मुझे धमकी देता वह चला गया ।

बस यही सभी किस्से होते रहते हैं मेरी ओला में ।मेरी उत्सुकता और बढ़ गई थी । इन्होंने इशारे से मुझे चुप कराया ।

चलो हमारी मंजिल भी आ गई । कितना पैसा हुआ भैया आपका ।

₹240 साहब जी

ड्राइवर को पैसा देकर हम उतर गए ।

मेरे पतिदेव मुस्कुराए और बोले ₹200 गाड़ी का 40 तुम्हें गप्पें सुनाने का ।

चलो तुम भी ना कुछ भी कहते हो ।और हम दोनों हंसते हुए चल दिए दूसरी ओला को बुलाने।

"मुसाफिर सा सफर है जिंदगी

आज यहां तो कल वहां

है जिंदगी ।"

चंद्रा ।

कोई पगली कोई झली कोई दीवानी न जाने कितने नामो से पुकारी जाती थी चंद्रा ।

खूबसूरती ऐसी जो देखे दीवाना हो जाए ।

सड़कों में घूमती फिरती दिख जाती हमे ।वह मेरे कॉलेज के दिन थे ।

कोई तीस के पास उम्र रही होगी चंद्रा की ।

एक दिन हमारे पीछे पीछे घर तक आ गई ।और आंगन में बैठ गई । मां ने उसे चाय और रोटी दी । तो हंसने लगी ।फिर कुछ पहाड़ी भाषा में गाने लगी । मां ने पूछा कहां की है रे चंद्रा तू । फिर मां को देखती रही बहुत देर तक । अपने बारे में कुछ आधा अधूरा बता कर चली गई । कल आऊंगी रोटी खाने ।

उसकी चमकीली आंखें सुनहरा रंग कुछ ना कहते हुए भी बहुत कुछ कह गया।

मैंने पूछा मां से क्या कह रही थी पगली । मां ने मुझे डांटा क्यों पागल कह रही है उसे 'गमों की मारी है बेचारी ।

उसका पति फौज में शहीद हो गया था । बच्चे नहीं थे घर वालों की जुल्म से मानसिक संतुलन खो बैठी अपना ।

बोलती हुई मां की आंखें नम हो गई । एक औरत का दर्द औरत ही समझ सकती है।

अगले दिन मां चंद्रा का इंतजार करती रही ।नहीं आई वो ।

बात आई गई हो गई ।

कुछ महीनों बाद पता चला । कि एक प्यारी सी बच्ची को जन्म देते हुए चंद्रा चल बसी ।

हजारों हाथ खड़े थे बच्ची को गोद लेने को ।पर कोई अपना नाम नहीं देना चाहता था उससे ।

समाज की वेदनाओं को सहन कर । चंद्रा बच्ची को जन्म दे चली गई । और अपनी परछाई को छोड़ गई ।

क्यों नहीं समझ सके हम उसके गीतों को ।उसकी हंसी को 'कहते हैं पागल रोते नहीं बस हंसते हैं । अपनी जिंदगी में।

कुछ कहानियां पूरी नहीं होती है

जिंदगी में यूं ही अधूरी रह जाती है।

सास बहू के संग जिंदगी के रंग ।

गौ जैसा सीधा था मेरा लल्ला । गज भर की जबान ।कैंची सी चलने लगी है ।अब क्या करूं संगत की सोबत ।

रहने दो अम्मा जी हमें तो ऐसा ही दिखा है तुम्हारा लल्ला ।

क्या रहने दो अम्मा अम्मा करता थकता नहीं था मेरा लल्ला ।

जब से शादी हुई है ।जैसे

जैसी क्या? धर लो सारे इल्जाम हम पर अम्मा

हम दोनों की लड़ाई में तुम्हारा लल्ला मजे ले रहा है अम्मा ।

एक तुम हो सारे अवगुण हम पर ही देखती हो अम्मा ।

ये सब बता रहे थे ।

तुम क्या-क्या जुल्म करती थी । ससुर जी पर ।

हम ठहरे संस्कारी जुबान नहीं खोलेंगे ।

तुम ने ही सिखाया होगा लल्ला को ।

नहीं तो उसकी जुर्रत हमारे सामने मुंह खोले ।

सब पूर्व जन्म का कर्म है । अब हो भी क्या सकता है ।

छोड़ो अम्मा इधर उधर की चलो चाट खाने चलते हैं ।

यह देखो चटोरी जबान ।

हमसे ज्यादा तो तुम खा जाती हो अम्मा।

हां बस सुन लो महारानी से सास की तारीफ। और क्या आता है तुम्हें।

यही सीख कर आयी हो अपनी मां के घर से।

बस अम्मा चलो नहीं तो दो चटोरे और आ जाएंगे। मजा खराब करने।

हंसती खिलखिलाती चल दी दोनों बाजार की ओर। एक दूसरे का हाथ पकड़े।

(लल्ला- प्यारा बेटा) (दो चटोरे - बाप बेटे)

"मुस्कुराती हुई सुबह

गुनगुनाती हुई शाम

जिंदगी की कहानी के

यह दो नाम।"

मन की खिड़की।

क्या मीता तुम सारी अंतर व्यथा। बस इस खिड़की से ही पूरी कर लेती हो। कभी अपने मन की खिड़की से बाहर आओगी तो देखोगी। तुम्हारी खिड़की से बहुत बड़ी है यह दुनिया।

रहने दे रेनु मुझे अपनी मन की खिड़की में ही।

ये भी क्या कम है बाहर की दुनिया से।

पूरी दुनिया दिखाई देती है मुझे मेरी मन की खिड़की से।

अपने मन की पीड़ा को दबाकर मीता बोली।

मन की या बाहर की । कब खोल पाई है औरत इस खिड़की को ।

कभी मर्यादा ।कभी अपनी वजूद की खिड़की में बंद होती है हर औरत ।

हां रेनू यही तो है तेरी मेरी हम सब की मन की खिड़की ।

फिर दोनों नम आंखों से हंसने लगी ।

"एक नदी दो किनारे से हम

एक मेरा मन और एक मैं ।"

वजूद तलाशती औरत।

मैं कहीं जा थोड़ी रही हूं मम्मा। शादी ही तो हो रही है।कल आ जाऊंगी तुम भी ना। हंसते हुए नेहा बाहर चली गई।

सरोज की आंखों का आंसू गालों में ठहर गया।

जो शब्द उसने अपनी मां से कहे थे वही आज उसकी बेटी दोहरा गई।

जैसे सरोज का वक्त वही ठहर गया हो कहीं।

कहीं नहीं जाऊंगी यही तुम्हारी जान की दुश्मन बन बैठूंगी मैं मां।

मां हंसते हुए बोली

यह भी हुआ है कभी।

बेटियों को तो जाना ही पड़ता है। पराए घर को अपना बनाने। यह तो सदियों की रीत है बिटिया।

मैं नहीं मानती इन सब बातों को।

एक दिन तुझे भी अपनी बिटिया को यही सब समझाना होगा।

सरोज सरोज क्या कर रही हो कितना काम पड़ा है।और तुम मेहमान भी आने लगे हैं।तुम्हें कोई फिक्र है या नहीं।

मुझे ?

सरोज लड़ पड़ी अपने पति से जैसे वही इन सब के जिम्मेदार हो।

नेहा अपने घर चली गई।

सरोज गाल में अटके अपने आंसुओं को खोजती रही।

कभी नेहा कभी मां कभी अपने आंसुओं को कभी अपने आप को ढूंढती सरोज
।

मम्मा ! नेहा आ गई क्या ?

मैं तो बस यूं ही। खोए हुए आंसुओं में खुद को ढूंढ रही थी नेहा।

"वजूद तलाश्ती है

हर औरत आईने में अपना

हर वक्त नए किरदार से मिलती है

अपने।"

धुंध वाली रात।

बहुत जोरों से बारिश हो रही थी।तेज हवाओं के साथ लगता था शायद कोई बादल फट गया हो।

9:10 बजे होंगे रात के।

बारिश के साथ बिजली भी चमक रही थी।

बिजली के साथ बादलों की गड़गड़ाहट मन को डरा देती।

इसी बीच बिजली भी चली गई।

इनवर्टर ऑन करने मैं बाहर गई।

बाहर का नजारा देख मैं दंग रह गई।

हमारे बगीचे में नीम के पेड़ के नीचे बंदरों का झुंड बैठा था।

और आंगन में हमारा कुत्ता लगातार भौंके जा रहा था।

बंदर भी खो खो की आवाज करते।और सहम जाते।

सामने बारिश की वजह से कोहरा बनना शुरू हो गया था।

तभी मेरी नजर कुछ अजीब से साये पर गई।

कोहरे की वजह से साफ साफ नजर नहीं आ रहा था।

कुछ धुंधली सी आकृति बनती और अदृश्य हो जाती।

हमारा कुत्ता बहुत तेजी से भोक्ता और मेरे पीछे आ जाता।

मैं कुछ समझ पाती।तभी वह साया मेरे सामने आया और अदृश्य हो गया।

मैं जड़ चेतन सी जम गई।

तभी मां की आवाज ने मुझे झकझोर दिया।

इससे पहले मैं कुछ समझ पाती। कोहरा छठ चुका था। बारिश भी रुक गई थी।

बंदर कुत्ते सब जा चुके थे।

और मैं बस एक तरफा देखे जा रही थी।

तभी माँ ने सर में एक थपकी मारी।

क्या कर रही है यहां खड़ी होकर।

मैं बस निशब्द सी खड़ी थी क्या था वो ?

आज भी बारिश के मौसम में रातों को सिहर जाती हूं। मैं जब मुझे याद आती है वह बरसात की धुंध वाली रात।और वह अदृश्य सा साय।

"मानो या ना मानो यह एक सच्ची घटना "है।

खट्टे मीठे पल ।

खुद तो अम्मा के साथ बैठकर । आम काट रहे होंगे । अचार के लिए बाबूजी।

अपना बदला हमसे ले गए। हमारी शादी करवा कर ।

आज श्रीमती जी की किटी पार्टी है ।

नजारा खुद देख लीजिए आगे का ।

सुनते हो विनोद जी । "मैंने तुम्हें कहा था । कुछ लिखने को लिखा है या नहीं।"

"थोड़ी सी तारीफ ही तो लिखनी है । विनोद जी चापलूसी नहीं करनी ।"

वैसे भी झूठ पसंद नहीं मुझे ।

अपनी किटी पार्टी की सहेलियों को दिखाना है । मुझे लता जी बोली ।तुम कितना प्यार करते हो मुझे । हरदम मेरे लिए शायरी लिखते रहते हो ।

समझ गए या समझाऊं विनोद जी ।10 मिनट में आती हूं तैयार होकर ।

तब तक सब काम कर लेना वरना ... कह कर चली गई लता जी ।

10 मिनट के 3 घंटे हो गए । हमने भी ।वर्मा जी, चोपड़ा जी, धीमान जी, सब को मैसेज कर दिया ।होटल में मिलते हैं ।अपनी अपनी कहानियों के साथ

हम सभी दोस्त ।

श्रीमती जी को उनके हिसाब का तारीफ पत्र पकड़ा कर । हम दोस्तों से मिलने होटल पहुंच गए ।

सभी दोस्त मुंह फुलाए लाल पीले हो रहे थे ।

क्या हाल है जनाब।

आग लगाकर पूछते हो क्या हाल हैं हमारे विनोद जी।

ऐसा मैंने क्या कर दिया ?

विनोद जी बोले।

जो आप। अपनी पत्नी के लिए शायरी करते हो। हमें भी करनी पड़ती है। अपनी अपनी पत्नियों के लिए शायरी। कुछ ऊपर-नीचे हो गया तो खैर नहीं हमारी।

विनोद जी बोले।

छोड़ो दोस्तों। आजादी दिवस मनाते हैं। महीने में एक बार ही तो नसीब होता है। हमें यह दिन।

"वरना घर जाकर सर और पैर ही तो दबाते हैं। हम सब दोस्त। अपनी - अपनी बीबीयों के।"

सभी एक दूसरे से। जली भूनी सी। घर आएंगी। मिस्टर शर्मा ने कितनी सुंदर साड़ी दिला कर दी है भाभी जी को। एक तुम हो

विनोद जी।

निकम्मे किसी काम के नहीं।

लता जी बोली।

चलो फिर दबाव मेरे पैर। और हां रात का खाना मंगवा लेना। बाहर से। मेरा मन नहीं है खाने को। मैंने बाई को भी छुट्टी दे दी है।

क्यों नहीं विनोद जी बोले।

यही सब होगा। हम दोस्तों के साथ। तो तैयार हो जाओ दोस्तों। मजे ही मजे करने के लिए।

फिर तो सजा ही सजा है।

हा हा कर हंसने लगे

सभी दोस्त।विनोद जी के साथ।

जीवन के खट्टे मीठे पलों के संग।

रश्मि कहां हो तुम।

"तुम्हें आगोश में लेकर खो जाना चाहता हूं।" मैं तुम्हारे साथ जीना चाहता हूं‌। रश्मि।

चाहत थी तुम्हारे साथ हर वक्त रहने की।

जानती हो।

"जब बादल पहाड़ों में उड़ कर कोहरा बन जाते हैं "।

"और सारी कायनात को आगोश में ले लेते हैं "।

कुछ भी नहीं होता तब।

ठंडी हवा और उड़ते बादलों के सिवा।

वैसे ही मेरा मन तुम्हें चाहता है।

और कुछ भी नहीं रश्मि ।कहां हो तुम ?

एक लम्हें में सब कुछ क्यों बदल गया।

हमारे बच्चे का क्या कसूर है ? तुम्हें ढूंढता फिरता है ।दरबदर रश्मि।

यह कोरोना हमारी जिंदगी क्यों बदल गया।

जानती हो हर तरफ नजर आती हो तुम मुझे रश्मि ।

"हवाओं सी छू कर चली जाती हो तुम ।"

"रसोई के हर मसालों की खुशबू

मैं भी तो । तुम हो ।रश्मि " ।

टीवी के रिमोट को छुपाकर तकिए में ।

फिर खूब लड़ती तुम रश्मि ।

और कहती ।

"जो रिमोट ढूंढेगा वही आज का खाना बनाएगा ।"

मैं समझ जाता ।आज तुम्हारा मन ।खाना बनाने को नहीं है ।रश्मि ।

फिर फिर तुम गाड़ी चलाने की जिद करती

मुझे पीछे की सीट में बैठाकर । दूर तलक ले जाती रश्मि तुम।

"तुम्हारे साथ । फिर दूर तलक चलना है मुझे ।"

तुम्हारी फोटो में माला भी नहीं डालने देता ।तुम्हारा

बेटा ।

पांच साल के बच्चे को नहीं पता ।यादों के सिवा

अब कभी लौट के नहीं आओगी तुम ।

"कहां हो तुम

कहां हो तुम रश्मि।"

जिम्मेदारियां ।

"गैर मुकम्मल सी है जिंदगी । सरला जी ।"

विरासत में जिम्मेदारियां मिली है हमें ।

ईश्वर की विशेष कृपा है आप पर रमेश जी ।

तभी तो जिम्मेदारियां मिली है । आपको । शुक्रिया अदा करो ऊपर वाले का । इस लायक बनाया है आपको रमेश जी ।

"सरल हृदय हो आप ।सरला जी । ईश्वर की विशेष कृपा है हम पर । जो आप पत्नी के रूप में हमें मिली ।"

"आप भी तो ईश्वर का वरदान हो हमारे लिए रमेश जी ।"

बड़े परिवार की जिम्मेदारियां उठाने । और सारा जीवन हमारा सहयोग करने के लिए।

धन्यवाद है आपका ।सरला जी । "यह क्या कह रहे हो आप रमेश जी । मैं तो अर्धांगिनी हूं आपकी " । अपने लिए तो इन बीस सालों में । कभी कुछ सोचा ही नहीं आपने सरला जी ।

ये सब । आपसे ही सीखा है रमेश जी ।

पूरे परिवार को बांधे रखा आपने ।

भाई बहनों को अपने बच्चों की तरह पाला ।

हमारे बच्चे नहीं हुए ।

आपने मुझे कभी कुछ नहीं कहां रमेश जी ।

परिवार वालों के जोर डालने पर भी । आपने दूसरा विवाह नहीं किया ।

इन सबके लिए सादर धन्यवाद है आपका दिल से रमेश जी।

" लगता है श्रीमती जी । आज का दिन धन्यवाद पर ही "बीतेगा । कुछ चाय नाश्ता मिलेगा या नहीं ।

अंदर से आवाज आई ।

चाय नाश्ता हमने बना लिया है बेटा ।

सरला जी बोली ।आपने क्यों बनाया चाय नाश्ता । अम्मा जी । हम आ रहे थे अम्मा जी। जिंदगी भर हमारी जिम्मेदारियां उठाई है । तुम दोनों ने ।कुछ तो हमारा फर्ज भी बनता है । तुम्हारे लिए । अम्मा जी बोली ।

खामोशियों से अच्छी शिकायतें होती हैं ।

जो अपनेपन का एहसास कराती हैं । अम्मा जी बोली ।

पर तुम दोनों ने सब सहन किया । कभी कुछ कहा ही नहीं । सारी जिम्मेदारियां अपने नाम कर ली ।

"आशीर्वाद के सिवा हम क्या दे सकते हैं तुम दोनों को अम्मा जी बोली ।"

नम आंखों से मुस्कुरा गए रमेश जी और सरला जी ।

मुश्किलों की दस्तकों ने

"है रुख़ बदला

दुआओं ने तुम्हारी

हमें थामें रखा ।"

इंतजार।

राकेश जी।

प्रणाम।

आज मैं तुम्हारा इंतजार करती रही । पर तुम ना आए।

तुम्हारा कुर्ते पजामे के साथ । हाफ स्वेटर में मफ़लर लपेटकर । साइकिल मे । हमारी गली से गुज़रना । मेरा आंगन के दरवाजे से चुपके से तुम्हें देखना । फिर दुपट्टे को उंगलियों में घुमाना । और तुम्हारा साइकिल की घंटी बजाते हुए हमारी गली से जाना ।शाम को जब तुम अपनी साइकिल से आते ।

मैं आंगन के पेड़ के नीचे तुम्हारा इंतजार करती ।

तुम साइकिल से घंटी बजाते हुए निकल जाते ।

फिर सुबह वही दोहराती । सूरज की सुनहरी किरणों के साथ । तुम्हारा इंतजार राकेश जी।

" आज चार रोज से तुम्हें नहीं देखा । दिल घबरा रहा है ।राकेश जी ।"

अब तो अम्मा बाबूजी भी मुझे शक से देखते हैं ।

अम्मा कल ही कह रही थी । बाबूजी से । "बिटिया जवान हो गई है ।रिश्ता देखना शुरू करो ।"

हम किसी तरीके से मना लिए अम्मा बाबूजी को । पढ़ाई का वास्ता देकर ।

मैं अपने मन और धर्म से आपको अपना मान चुकी हूं ।

आप पर कोई दबाव नहीं है राकेश जी ।

"अगर आपका मन बदल गया हो तो । आजीवन कुंवारी ही रहूंगी । पत्र का जवाब जरूर दीजिएगा इंतजार में नेहा ।"

राकेश जी का पत्र आया ।दो शब्दों के साथ ।

नेहा ! मैं आगे की पढ़ाई के लिए विदेश जा रहा हूं ।अपना ध्यान रखना तुम्हारा राकेश।

आज पूरे 10 साल बाद । नेहा को ।एक अजनबी नंबर से फोन आया । कैसी हो नेहा पहचाना ?

नेहा के हाथ से फोन छूट गया ।और आंखों से आंसू टपक पड़े राकेश तुम ?

कहकर नेहा ने फोन कट कर दिया ।

10 साल पहले दो शब्द लिख राकेश चला गया था । नेहा को अपने अम्मा बाबूजी से । और बिरादरी वालों के साथ क्या कुछ ना सुनना पड़ा ।

नेहा ने स्कूल में शिक्षिका की नौकरी कर ली ।आजीवन शादी न करने की कसम के साथ ।

आज राकेश के फोन ने। नेहा का व्यक्तित्व हिला कर रख दिया । राकेश भी कहां मानने वाला था । अपनी नेहा को लंबे इंतजार के बाद मना ही लूंगा ।

राकेश वही कुर्ते पजामे में । हाफ स्वेटर पहने । गले में मफलर लपेटे । साइकिल में घंटी बजाता ।

10 साल के बाद खड़ा था ।

अपनी नेहा के लिए ।

नेहा भी भाग कर आई । और दरवाजे के पीछे जा छुपी ।राकेश को देखने के लिए ।

राकेश ने नेहा के दरवाजे पर एक पत्र छोड़ा ।जिसमें लिखा था । प्रिया नेहा तुम्हारे स्कूल में ।तुम्हारे साथ शिक्षक हो गया हूं ।

"साइकिल तैयार है । तुम्हारे इंतजार में नेहा ।"

तुम्हारा राकेश ।

"आज मिले हैं दो मन

संस्कारों के संग

एक दूजे की चाहत में

नेहा

संग

राकेश ।"

उम्मीद।

बादल आकर गुजर जाते हैं।

और सूनी आंखें, ताकती रह जाती हैं।

जैसे सदियों से इंतजार में हो, बारिश के।

लगता है। इस साल भी सूखा पड़ेगा। विनोद की अम्मा।

शुभ शुभ   बोलो। विनोद के बाबू जी।

तुम ही देखो विनोद की अम्मा। "बादल तो बस धुएं से हैं "।

पंडित जी से पुछवायें थे, गांव वाले। विनोद के बाबू जी।

पंडित जी कह रहे थे।

मध्य महीना बीते तो, बारिश के छीटें पड़ेंगे।

" विनोद की अम्मा।

पंडित जी का कहा ,सच हो जाए। राम जी की कृपा हो जाए "।

" सच है विनोद के बाबू जी।

सांस है तो आस है "।

लगता है। विनोद के बाबू जी, "इंद्रदेव जरूर प्रसन्न होंगे। इस बार हमारे गांव पर "।

कई सालों का सूखा सहन किया है, हमारे गांव वालों ने।

" अब तो, गांव में। गिनती के परिवार रह गए हैं।विनोद की अम्मा "।

सच कह रहे हो, विनोद के बाबूजी।

अब तो राम जी से प्रार्थना है।

"पंडित जी की वाणी, सत्य हो।

और बारिश की बौछार हो जाए ।यही बौछार। गांव वालों को अपने घर वापस ले आएगी। विनोद के बाबूजी "।

विनोद की अम्मा और बाबूजी दोनों इंद्रदेव से प्रार्थना करने लगे। उनका गांव फिर से हरा भरा हो जाए।

"और जो गांव वाले। गांव छोड़कर चले गए हैं। वापस आ जाए "।

"तारों की छांव में चौपाल लगेगी

बारिश की बौछारों से आस जगेगी

कोयल के गाने से

चिड़ियां की चहचहाट से

जीवन की राह सजेगी "।

" पलायन रोकने का एक कदम

हम सबको बढ़ाना है

शहरों से फिर गांव बसाना है।"

माया जाल।

लिस्ट तैयार है तुम्हारी विमला जी ।और थैला भी लेती आना ।

बस कुछ सामान और लिखने को है शर्मा जी । अभी आई ।

तुम और तुम्हारा सामान ।कभी पूरा नहीं होता ।शर्मा जी बोले ।

शर्मा जी आप भी ना ! अब नमक तेल मसाले भी गिनें वाले हो क्या ?

तुम्हारे और बच्चों के लिए ही तो सब लिख रही हूं । विमला जी बोली ।

तुम तो जैसे कुछ चरतीं ही नहीं । विमला शर्मा जी बोले ।

विमला जी गुस्से में आ गई ।

मैं नहीं । तुम चरते हो दिन और रात ।बात हमारी करते हो शर्मा जी ।सुबह के नाश्ते से । और शाम के खाने तक । नौकरानी बनाए रखे हो हमें ।रात दिन पकवान ठूंसते हो । बात करते हो हमारी । शर्मा जी ।

लिस्ट भी फाड़ दी राशन की । और थैला भी छीन लाई शर्मा जी के हाथों से ।विमला जी ।

" शर्मा जी बोले । हम तो मजाक कर रहे थे । विमला तुम तो अन्नपूर्णा हो हमारे घर की ।"

हमने भी तो । कौन सा लिस्ट फाड़ी थी ।

वो तो ! कोरा कागज था ।

और थैला भी पुराना पकड़ा दिए थे तुम्हें शर्मा जी ।

अभी नया थैला लेकर आती हूं विमला बोली।

शर्मा जी के मुंह से निकल पड़ा।" फिजूल खर्ची तो कोई तुमसे सीखे " विमला जी। क्या जरूरत थी। नए थैले की।पुराना ठीक तो था।

" क्या कहा तुमने शर्मा जी ?

फिजूल खर्ची और हम। " पाँच सालों से। एक भी नया कपड़ा नहीं खरीदे हैं। और रही नये थैले की बात।तो तुम्हारी पुरानी कमीज जो फट गई थी। उसी से सीये थे हम।कहते हुए रोने लगी विमला जी।

विमला जी ने।अपने भैया को फोन किया। और अपना सामान पैक करने लगी।

तभी शर्मा जी की अम्मा ने। "शर्मा जी के कान खींचे। नालायक रात दिन ऑफिस में बीड़ी फूंकते हो।चाय पीते हो।"

" घर आकर हमारी बहुरिया को सताते हो।" किसी भी काम के नहीं हो तुम।

सुन बहुरिया ! महीना भर रहकर आना अपने पीहर। बहुत समय हो गया है तुम्हें जिम्मेदारी निभाते हुए। मजे से रहना हम आएंगे तुम्हें लेने। तुम्हारे ससुर जी के साथ।और खबरदार ! जो इस नालायक की बातों को दिल से लगाया तो।

अम्मा जी शर्मा जी को बोली। इस नालायक का खेल तो अब शुरू होगा। जब ऑफिस से छुट्टी लेकर। घर बाहर और बच्चों को संभालेगा। तब दिन दुनिया समझ आएगी विनोद को। मजाक मजाक में शर्मा जी को लेने की देने पड़ गए। शर्मा जी ने।बहुत मिन्नत की। पर ना मानी विमला जी।

पर्स उठाकर चल दी। अपने भैया के साथ।अपने पीहर विमला जी।

"सर पीटते रह गए " शर्मा जी। "कोसते रहे अपनी जवान को यह क्या बोल गई।"

"नहले पे दहला

सर चकराया

जीवन का मायाजाल

जब समझ में आया "।

जिंदगी से मुलाकात ।

लल्लन जी और पप्पू जी । अपने एंट्रेंस इम्तिहान की । आपस में बातें कर रहे थे । एक चाय की टपरी में बैठकर ।

लल्लन जी सीनियर ।और पप्पू जी जूनियर थे ।

हर प्रश्न के उत्तर में लल्लन जी कहते ।" पप्पू यह गलत है जो तुम सही मान बैठे हो।"

पप्पू भी हां में सर हिला देता । पप्पू मन ही मन में सोचता । "अगर लल्लन जी सीनियर ना होते । तो तबीयत से धोते लल्लन जी को ।"

पर कर भी क्या सकते थे ।परीक्षा की तैयारी । लल्लन जी ही करा रहे थे पप्पू से।

बीच-बीच में चाय वाले को टोकते लल्लन जी ।

"आज की तारीख में चाय मिलेगी या अगले साल का इंतजार करें " ।

चाय वाला भैया भी । पप्पू और लल्लन जी की बेरोजगारी । और उधारी से परिचित था ।

हंस के दो गिलास चाय देते हुए ।चाय वाले भैया जी बोले ।आ रहे हैं । भैया जी। "ट्रेन थोड़ी छूटी जा रही है आप दोनों की ।"

ठीक है भैया । नौकरी लगते ही सारी उधारी चुका देंगे । और ऊपर से "दो चार सौ और दे देंगे " लल्लन जी बोले ।चाय वाले भैया से ।

चाय वाले भैया बोले अरे !भैया बहुत आए हैं ।हमारी टपरी में बेरोजगार नौजवान ।नौकरी के बाद गांव का रुख न किये। तुमसे क्या उम्मीद करें ।

पप्पू बोला यह तो सौ फ़ीसदी सही बोल रहे हो । आप चाय वाले भैया ।

कौन नौकरी के बाद आएगा गांव देहात में ।

"नौकरी लगी नहीं । गायब हो जाते हैं सभी । " शहर में जितने भी धके खाने पड़े । पर लौट के नहीं आते ।अपने गांव देहात में ।

बीते साल बड़े भैया गए थे ।शहर नौकरी करने । वही ब्याह भी कर लिए । दो दिन के लिए बुलाए थे । हमें और अम्मा बाबूजी को ।

छोड़ो पप्पू इधर-उधर की और परीक्षा में ध्यान लगाओ लल्लन जी बोले ।

पप्पू जी ने कहा। बीती रात बाबूजी अम्मा जी से कह रहे थे। खोटा सिक्का ना चलेगा शहर में । तुम्हारा सरिता जी ।

सरिता जी बोली । "खबरदार जो हमारे पप्पू को खोटा सिक्का कहा तो ।"

"तुम्हारे बड़े बेटे ने । जो तुम्हारी आंखों का तारा था । क्या कर लिया तुम्हारे लिए।"

हमारे पप्पू को कोसते हुए लज्जा नहीं आती तुम्हें । पप्पू के बाबूजी ।

अरी !ना री ! भाग्यवान

प्यार से खोटा सिक्का कह रहे हैं । नहीं तो पप्पू भी । विनोद की तरह ।शहर चला जाएगा । "ना लौटनें के लिए ।"

पास रहेगा तो आस रहेगी । बुढ़ापा भी कट जाएगा पप्पू के परिवार के साथ । और क्या । यह सब सुनकर हम सोचे हैं ।

यही गांव में दुकान खोलकर । अम्मा बाबूजी की सेवा पानी करेंगे ।

तो हमारा टाइम क्यों खोटी किये पप्पू जी ?

और वह लल्लन भैया ।बदले में तुम्हारे सब काम किया वह क्या ?

अच्छा छोड़ो पप्पू ।लल्लन बोला ।हम भी सोचते हैं ।" गांव में ही कोई व्यापार किया जाए ।" "घर का घर ।" पैसे भी अलग से कमा लेंगे ।

जब चाय वाले भैया । चाय की टपरी से परिवार चला सकते हैं । तो हम । इससे भी कुछ अच्छा करेंगे । और परीक्षा पास करने की भी फिक्र नहीं ।

तो ठीक है । पप्पू तैय रहा । हम दोनों दुकान खोलेंगे ।

अपने गांव में ।

पप्पू बोला यह कब तैय हुआ लल्लन भैया ?

लल्लन पप्पू दोनों हंसने लगे । चाय वाले भैया के साथ ।

चाय वाले सुनील भैया बोले । लगता है इस बार ।उधारी जरूर मिल जाएगी ।

" जिंदगी को जिंदगी से

मिलाते हैं

कुछ तुम्हारी कुछ हमारी

जिंदगी बनाते हैं ।"

Milton Keynes UK
Ingram Content Group UK Ltd.
UKHW052355201024
449871UK00016B/93

9 789362 615534